YOUNG AGE小說鮮視界！

YA!

青春滿點！活力滿載！好看滿分！

妖怪公寓

香月日輪

妖怪アパートの幽雅な日常

佐藤三千彦◎圖

葉韋利◎譯

7

歡迎光臨 妖怪公寓

房客介紹

妖怪公寓（又稱「壽莊」）：

是一棟看起來非常古舊、彷彿隨時會倒的老房子。在這棟房子的結界內，原本看不見的東西會變得比較容易看見，原本摸不到的東西也會因此而摸得到。好幾層次元在此重疊、交錯，也因此，這裡變成了附近所有妖怪的「社區活動中心」！

房東先生：

長得像顆特大號的蛋，矮胖的身體上有一對細小的眼睛。烏黑的身上穿著白色和服、纏著紫色腰帶。而那小得不能再小的可愛雙手上，抓著寫有租金的大帳簿。

【一〇一號房】麻里子：

性感的美女幽靈，有著大大的眼睛、可愛的鼻子，身材好得讓人噴鼻血！但因死了太久，常忘記自己是女人，全身光溜溜地走來走去。

【一〇二號房】一色黎明：

人類。他是詩人兼童話作家，作品風格怪誕，夕士是他的頭號粉絲。他有一張有點痴呆、像小孩的塗鴉般簡單的臉。

【一〇三號房】深瀨明：

人類。他是畫家，養了一隻大狗西格。他常常全身上下裹著皮衣、皮褲，騎重型機車，以打架為消遣……不管怎麼看，實在都像個暴走族。

【二〇二號房】稻葉夕士：
人類，条東商校的學生，將升上三年級。國一時爸媽車禍過世，變成孤兒的他個性也變得很壓抑。原本因貪便宜而住進「妖怪公寓」，結果從此卻愛上了這裡。

【二〇三號房】龍先生：
人類，是莫測高深的靈能力者，妖怪見了就怕。他看起來永遠都是二十四、五歲，身材修長，一頭飄逸長髮束在身後，是個非常有型的謎樣美男子。

【二〇四號房】久賀秋音：
人類，食量奇大無比。她是除靈師，兩三下就能把妖怪清潔溜溜，從鷹之台高中畢業後，要去唸四國的看護學校。會有一位「貓婆」來代替她當夕士的訓練師！

【二〇八號房】佐藤先生：
妖怪，在一家大型化妝品公司工作了二十年，誇口自己在女職員之間人氣No.1！

【二〇九號房】山田先生：
妖怪，負責照料妖怪公寓的庭園，模樣像個圓滾滾的矮小男人。

房客介紹

舊書商：

咖啡色頭髮垂肩，戴圓框眼鏡。身上穿著舊舊的牛仔裝，皮帶頭上扣著銀色釦環，還戴了項鍊和手環，長滿鬍碴的嘴邊叼著菸，感覺就像是古時候的流浪漢。

骨董商人：

「自稱」是人類，身旁跟著五個異常矮小的僕人。輪廓很像西方人，留著短短的八字鬍，左眼戴了一個大眼罩，右眼則是灰色的。給人的感覺相當可疑。

琉璃子：

妖怪，是妖怪公寓裡的害羞天才廚娘，做的料理超～級美味！總是隱身在廚房裡，永遠只看到她忙著做飯的「一截」纖纖玉手。

小圓：

處於靈體物質化狀態。年紀大約才兩歲，眼睛圓滾滾的，長得很可愛，但身世淒涼，令人鼻酸。身旁有一隻也是處於靈體物質化狀態的狗——小白忠心守護著。

長谷泉貴：

從小和夕士是死黨，也是夕士唯一的朋友，他心思細膩，和天真的夕士個性完全相反。以頂尖成績考上升學名校的他，野心是奪走自己老爸位居要職的公司。

翻開魔法之書

使魔介紹

【被封印的魔法之書】《小希洛佐異魂》：

夕士從舊書商那裡得到的魔法書，簡稱「小希」。大小跟字典差不多，黑色皮革封面，只有二十二頁，每頁都畫了一張圖，圖上分別有從一到二十一的羅馬數字，最後一頁則是一張印了「0」的圖。目前只有十四個使魔出場。

【愚者】富爾（0）：

「0之富爾」，是《小希洛佐異魂》的介紹人，非常彬彬有禮。身高才十五公分左右，頭上戴著類似軟呢帽的東西，穿著緊身褲襪，看起來很像中世紀的小丑。

【魔術師】金（I）：

萬能精靈，也就是所謂的「阿拉丁神燈精靈」。是一個身體硬朗的禿頭大叔，穿著也真的像是從阿拉丁神燈裡面出來的精靈一樣。

【女祭司】潔露菲（II）：

風之精靈，出現的時候，四周會颳起一陣風，可是風力不太強。

【皇后】梅洛兒（III）：

水之精靈，會使空盪盪的空間突然閃閃發光，水便開始從亮光之中滴落。只是水量通常不大。

【戰車】希波格里夫（Ⅶ）：

神之戰馬，是黑色的獅鷹，能夠在瞬間奔馳千里。體型比馬大了好幾倍，有著一張像爬蟲類一樣嚇人的臉。

【正義】荷魯斯之眼（Ⅷ）：

看穿惡魔的神之眼。現身時，一顆跟排球差不多大的巨大眼球會出現在空中。它能把看到的東西全都記憶起來，且之後可重新播放看過的記憶，就如同攝影機一樣！

【隱者】寇庫馬（Ⅸ）：

貓頭鷹一族，負責侍奉智慧女神米娜娃，掌握了世界上所有的知識。富爾稱牠「隱居大爺」。牠雖然是智慧的象徵，但是年紀大了記性不好，什麼事情都馬上就忘光光，而且有點痴呆，老是在打瞌睡。

【命運之輪】諾倫（Ⅹ）：

代表斯寇蒂、丹蒂、兀爾德三位命運女神，她們出現時帶著一個大大的黑甕，甕中裝著類似水的液體。而諾倫則是結合三人的力量所進行的法術，如：占卜、透視、模擬巫術等等。

使魔介紹

【力量】哥伊艾瑪斯（XI）：
石造精靈人偶，是一尊羅馬戰士風格的石像，將近三公尺高。不過，它的活動時間只有一分鐘左右，一次使出的力量總和是三公噸。

【吊人】凱特西（XII）：
貓王一族，就是「穿長統靴的貓」。外型是一隻黑貓，大概有中型狗那麼大，還拿著一根菸管。不但很懶散，也是一隻愛騙人的貓。

【死神】塔納托斯（XIII）：
死亡大天使一族，專門侍奉冥界之王。身高像個小孩，穿著黑灰色袍子，拿著一把小鐮刀。在袍子底下看不見臉，裡面是全黑的，感覺很陰森，只不過，預言能力趨近於零。

【節制】西蕾娜（XIV）：
吟唱咒歌的妖鳥，是一個麻雀般大小、人面鳥身的女人，也就是「鳥身女妖」，只有臉是人類的臉，身上覆滿了純白的羽毛，在黑暗之中會發出朦朧的光芒。她的歌聲宛如鳥囀，充滿了不可思議的震撼力。

【惡魔】刻耳柏洛斯（XV）：
地獄的食人狼，現身時，會放出劈哩啪啦的青白色雷電。然而，牠現在還只是一隻非常可愛的「小狗」，再過兩百年才會長大。

【高塔】伊達卡（XVI）：
雷之精靈，現身時，空中會放電。可是，他的力量只有一瞬間，而且電壓也不怎麼高。

【月亮】薩克（XVIII）：
守護月宮的毒蠍子，現身時，會劃過一道青色的閃電。被薩克附身者，將會身體麻痺無法動彈。

【太陽】伊那法特（XIX）：
光之精靈。現身時，極其強烈的光芒瞬間綻放，如同太陽一般的金黃色光芒照亮大地。

【審判】布隆迪斯（XX）：
在最後的審判中喚醒死者的神鳴。連死者都能喚醒的天神喇叭，會造成一股巨大衝擊波「咚哐——」，每次都會把附近的玻璃窗全部震破，但是這對壞人很有嚇阻力量。

条東商校迎接學期末的來臨。

「高二也剩下沒多久就要結束啦……」

我心想著，一面在房間書桌前讀著英語話劇的劇本。

我叫稻葉夕士，是条東商業學校二年級學生。由於父母早逝，我希望高中畢業之後當個公務員或上班族，目前就讀商業學校，一個人在公寓租屋生活。

条東商校會為歡送三年級畢業生舉辦一個全校性的「送舊大會」，但各個社團還會有自己的「畢業生歡送會」，可以在放學後帶著零食、飲料開個小座談會；也有針對各個社團宗旨舉辦的「歡送會」，比方說，攝影社的「獻給畢業生的紀念攝影大會」、柔道社的「畢業生對一、二年級學弟妹地獄圍毆會」，或是管樂社的「歡送高三音樂會」等。

我隸屬的英語會話社，每年固定的節目就是從有往來的外國人俱樂部中邀請來賓舉辦派對，還會演出英語短劇。二年級社員要寫劇本和演出，一年級社員則負責幕後工作。今年演出的戲碼是「灰姑娘」，而且還是男女角色相反的劇本，話雖如此，卻不是男演員穿女裝演女角，而是劇中的仙度拉變成男性，參加公主的「選駙馬」舞會……類似這樣的設定。至於是誰提議要演這種戲呢？那還用說，就是田代呀！

田代不但和我同一個社團，也是我的同班同學。她雖然是女生，但個性直爽、好相處，是我的麻吉。她擅長蒐集資訊，這方面的能力相當驚人。

這次由田代扮演公主，我演仙度拉……我只能說，還好沒要我穿女裝扮灰姑娘，因為田代很可能提出這種建議。

「這也是這學期最後一次的社團活動啦！」

下一次……就輪到學弟妹送我們了。

看似如此多愁善感的我，只是個再普通不過的高中生……其實不太對。

我住的公寓「壽莊」，正如別名「妖怪公寓」一樣，不但有如假包換的幽靈妖怪，順便還有一些不遜於妖魔鬼怪的怪人居住在此。

然後，不知道是什麼樣的因果或老天爺開玩笑，我竟然被選上成為《小希洛佐異魂》這本魔法書的主人，這本書中封印了二十二個妖怪，我也變成可操縱魔法和妖魔的「魔法師」，因此不太能算是個「再普通不過」的高中生。

話雖如此，我仍然還是立志當個公務員或上班族，繼續在商校就讀，並沒有就此展開有如《哈利波特》或《魔戒》的精采冒險。我的第一志願，是當個縣府小職員。

農曆二月的夜晚。在公寓窗外妝點黑夜的不是雪，而是宛如雪片結晶般隱隱發光的物體。雪片結晶不到成人的一個巴掌大，當然也沒閃爍著綠色或黃色的光芒……但仍似真正的雪花一般，飄飄灑落，布滿整個黑夜，緩緩地，靜靜地。

「呼！」

嘆了口氣之後，桌上突然有個身高約十五公分的小人，就像算準了時機出現。

「主人，您讀書讀得辛苦了。」

這個一身打扮如同中世紀小丑的小人兒，就是《小希洛佐異魂》的介紹人「0之富爾」，他總是禮貌周到得有點過了頭。

雖然這本如假包換的魔法書裡封印著如假包換的妖魔，但「小希」裡封印的妖魔們要不就是神經大條，不然就是少根筋……總之，全都是些上不了檯面的角色，有些甚至對我這個主人連一絲絲忠誠度都沒有。算了，無所謂，反正根本也沒機會用上這群傢伙。

只不過，即使是菜鳥魔法師，我依然得累積使用「小希」時最低限度的靈力之類的精神力量，因此，我每天早上必須讓瀑布沖打全身，進行名為「水行」的修行。聽到公寓建地內有瀑布一定讓人覺得可笑吧！但這裡就是「那種地方」啦！

此外，甚至還有專人負責訓練我進行這類靈性修行。

久賀秋音，她是鷹之台高校三年級的學生。運用與生俱來的靈能力，未來立志成為一名除靈師，目前則是以實習身分在月野木醫院「神靈科」打工的女高中生。月野木醫院原則上是一所獲得國家認可的醫院，實際上卻是附近幽靈或妖怪經常進出的「妖怪醫院」。

「主人，要稍事休息一會兒嗎？」富爾指著我的後方。我轉過頭，看到小圓和小白。

小圓是一個被親生母親虐待致死的男孩靈魂，大約兩歲大。小白則是守護著小圓的狗狗靈魂，也是小圓的「養母」。這一對小孩加小狗，在妖怪公寓中深獲大夥兒喜愛，等著適當的時機投胎。

小圓對我招招手（他不會說話）。

「什麼事？哦，該不會琉璃子做了什麼吃的吧？」

小圓用力點點頭。

「琉璃子」是一名天才廚娘，妖怪公寓裡的伙食都由她包辦。雖然她只剩一截玉手，而且是因為慘遭分屍，想來令人鼻酸，但她生前的夢想——「要讓其他人津津有味地吃著自己做的菜」，在這棟公寓裡終於實現了。

琉璃子不但負責公寓裡的伙食、點心，也幫我做便當。她做的超級豪華美味便當在我們班上備受矚目，每天都會有女生來視察，不是拿手機拍照，就是動手偷吃。不僅如此，如果遇到像今天這樣我因為用功而到三更半夜還沒睡時，她一定會幫我弄些吃的。

「今天有什麼好吃的哩～？」

我抱起小圓走到一樓。

「夕士，我先開動嘍～」

已經在餐廳裡等著的是一色黎明。他是個詩人，也創作成人閱讀的童話故事，是個異色作家，是人類（應該吧）。

餐廳裡彌漫著高湯的香氣，光聞到這味道就讓人幸福到快要暈過去，簡直就是觸動日本人心弦的香味。

琉璃子今晚做的消夜特餐是豆皮滑蛋烏龍麵。用鰹魚和沙丁魚熬的濃濃高湯，散發出無法形容的香味。再以太白粉液勾芡，加入蛋汁和豆皮，撒上紅蔥頭、海苔和山葵，最上方還有削得薄薄的柚子皮碎片。

蛋汁和豆皮搭配起來雖然分量十足，吃起來卻清爽無負擔，拌著烏龍麵入口，頓時，整個人從體內都暖了起來。

「哎呀呀，這麵在喝了酒之後吃真是棒透啦！」

發出感嘆的是流浪暴走族畫家深瀨明。重型機車上總載著他的愛犬西格，偶爾在個人展會場上發飆，是個受歡迎的普普藝術家，是人類。

高湯、豆皮、蛋汁、羹湯，還有清香撲鼻的柚子，讓腦袋和身體的疲勞都一下子融化了。

「啊~呼……好吃到整個人都快暈了，琉璃子！」我也跟著讚不絕口。開心的琉璃子靦腆地不停扭著白纖玉指。

小圓坐在我腿上，喝著烏龍麵湯，小白則躺在桌子底下。

在這棟由一名身材圓滾滾、皮膚黝黑的大光頭擔任房東的公寓裡，還有自以為

是人類、在公司上班的妖怪「佐藤先生」，在妖怪托兒所工作的幽靈「麻里子」，來往於各次元之間的生意人「古董商人」，另一名魔法師、也是我的前輩「舊書商」，身材修長、留有一頭黑色長髮的美男子，同時也是靈能力者的「龍先生」，其他還包括「貞子」、「鈴木婆婆」、「山田先生」這些分不出到底是人還是妖怪的房客。大家總在吵吵鬧鬧或是爭執不休的情況下度過，今晚卻很安靜。

在暖呼呼的餐廳裡，妖怪公寓裡的夜又更深了。

目錄

魔女的集會

在飯後享用散發著清新芳香的蕎麥茶，和一群大人閒聊，這也是在公寓中令人感到無比幸福的一刻。

「二年級生涯就快結束了呀！夕士。」

「是啊！當學生會幹部交接，會長變成二年級的學生時，就會有一種『哇！快到學期末了』的感覺。」

「這樣啊，學生會也有交接的時期呀！……啊，那長谷呢？他一直都是學生會長吧？」

「他打過電話來，說又當選了學生會長。長谷他們學校的學生會是一年兩期制，所以說起來他已經連任三學期嘍！」

「真是沒話說~長谷的學校全都是很優秀的學生吧！這樣還能連續當三學期學生會長，實在太厲害了！」

聽到有人稱讚長谷，我覺得很開心。

長谷泉貴是我的死黨，從小學到中學都不斷支持我，是我唯一的好友。他家裡有錢、腦袋好又長得帥，現在因為就讀東京都內的超級升學名校，所以我們沒辦法天天見面，但他對我的狀況還有這棟特殊的公寓全都了解，一到假日就會騎著摩托

車飛奔到公寓。小圓最喜歡他了。

「對了，這陣子長谷都沒來啊！」

「我猜他應該很忙吧！這段時間不但一、二年級要幫畢業生辦送別會，在那之前又是學期末。長谷他們學校也有三年級畢業生的歡送會，尤其學生會在那之後還要忙畢業典禮、開學典禮，活動一個接一個。」

「畢業啊……秋音也快畢業嘍！夕士學校裡的那位知名學生會長也要畢業啦！」

「神谷學姊嗎？」

據說是条東商校創校以來最才色兼備的女學生，人稱「老大」的學生會長神谷也要畢業了（明明是個不遜於好萊塢女星安潔莉娜．裘莉的性感美女，但個性大概是全条東商校最有男子氣概的），好像為了學習企業管理，接下來要進入知名國立大學企管系就讀。金頭腦的她為什麼沒唸升學名校，而來到這所商校呢？因為她家裡做生意，為了幫忙家業，進入商校的目的就是為了學習商業和流通等相關知識。據說她現在在家裡已經是個獨當一面的會計，未來的夢想是把生意做得更大。可以想見，她要成功一定沒問題。

在少了這位學生會長神谷的新學生會幹部中，我們二年C班人稱「大姊頭」的委員長松岡居然當選了學生會長，而田代則是副會長。不過，田代應該能發揮她擅長的資訊蒐集能力，輔佐大姊頭松岡才對。

新學生會的第一項任務就是舉辦歡送全體三年級畢業生的「送舊大會」。戲劇社和管樂社都準備了節目，學生會也不例外。至於戲碼，則由新學生會和志工負責，雖然號稱志工，其實就是當學生會提出「喂！來幫忙」時，大家都得乖乖順從。既然學生會長和副會長都出自本班，我們這些2—C的學生被使喚也不難想像。

「畢業生的歡送會呀～聽起來真歡樂！」

頂著一張塗鴉臉微笑的詩人說道，我卻告訴他：

「唉！感覺會鬧得雞飛狗跳。」

「為什麼？」

「原因出在千晶身上吧？」

畫家敏銳地一語道破。

我們2—C的導師——千晶直巳。

兼任教簿記、電腦的他，還是位輔導老師。他總把頭髮全部往後梳，因為貧血，臉色總是很差，嘴巴又賤，老愛歪著頭叼根菸，把那些不良學生叫到學生輔導室，有時說教，有時耍下流，總之是個很另類的老師。據說他唸書時超會玩，實際上整個人帥氣到不輸給時裝模特兒。如果把平常往後梳的劉海放下來，再塞支麥克風給他，立刻魅力四射，判若兩人，令人忍不住想問：「請問你哪位？」總之，全身散發出一股特殊的迷人特質。更致命的是他的歌唱功力，以業餘人士來說還真不是蓋的。據說當老師並不是他原本的志願，但這部分就不得而知了。

總之，「畢業生歡送會執行委員會」自然不可能放過這麼出色的人才吧！三年級畢業生當然希望千晶有所表現，尤其是神谷學姊。

聽田代說，神谷學姊那群三年級女生，對於千晶從秋天才來到學校而且當二年級導師一事，似乎相當不滿。換句話說，自己這些三年級女生既不能和千晶一起去畢業旅行，而且只剩半年就得莎喲哪啦，只讓二年級賺到好處，太奸詐了！據傳她們是這麼說的。

因此，為了讓千晶至少在送舊大會上稍微滿足一下三年級女生的任性要求，田代她們似乎雷霆萬鈞地展開演出交涉（条東商校從二年級到三年級是採用「維持原導師」的制度，可以想見２—Ｃ的田代等人特別受到三年級學姊們的怨恨）。

不過，千晶卻相當排斥站上舞台。

原因之一就是幾年前千晶在男校任教時，曾在不知是校慶還是什麼活動上辦過一次頗像樣的小型演唱會，但從此之後，他就不斷收到學生認真的情書和表白（和尚學校為什麼還會這樣？），當時為了應付那些事情，好像讓他吃足苦頭。

「可以想見。」

畫家吸了口菸，從喉嚨深處發出冷笑。

「深瀨也很受男人歡迎吧！」

詩人和我不約而同地點點頭。

「千晶跟阿明的狀況很類似啊！只是兩人類型不同。」

畫家深瀨是個帥氣的男人，用「老大」來形容再貼切不過。整個人散發的氣質就像刀刃般銳利狂野。一身黑色皮衣，外加那頭褐髮，簡直可以登上寫真集了。他在國外比日本還受歡迎，而且他的才華（宛如普普藝術之父安迪·沃荷的現代藝術）和強烈領袖魅力，吸引到的男粉絲比女性還多。其中幾名超死忠的熱情追隨者，還會騎著機車追逐他在各地舉辦的個人展（明明到哪展出的作品都一樣！）。

「深瀨以前是『首領』嘛！啊，不過『首領』這個名詞現在沒人用了吧！」

無論以前還是現在，畫家都是個生性好鬥的暴走族，臂力又超強。由一名畫家散發出這樣的氣質，單純因為「強悍男人」而吸引的男性比女人還多吧！當然，畫家也很受女性歡迎啦！

「千晶雖然一副流氓樣，但似乎稱不上不良分子耶！他滿有錢的，據說交往的朋友都是些服裝模特兒或名門小開之類的。雖然他確實愛亂花錢遊戲人間，但這種玩法也不算糟糕嘛！」

「跟深瀨根本是對照組耶！似是而非，就像同一件事物背對背的兩面。」

詩人開心地笑著。

「反正我就是個沒教養的窮鬼啦！」

畫家說完，從鼻子呼出一縷煙。

「不過，我覺得千晶和阿明都絕對能當好朋友啦！」

令人憧憬的帥氣、讓人心動的魅力、教人崇拜的才華，無論男女當然都會深深著迷。但千晶和畫家不同，只是「一介教師」，如果過於展現這類特殊吸引力會給

自己帶來麻煩，況且還有學生認真的情書表白，如果一個不小心沒處理好，很可能把學校扯進來，成了大問題。

「或許之前曾發生過問題吧！」

「可能哦……」

我不經意地想起千晶的右手背上有一道明顯的傷痕，而且他身上不只這一處，其他像是手臂、肩膀和腳上都有好幾處傷痕。左手背上也有，記得先前校外旅行一起泡澡時看過。嗯，不過那些傷痕應該跟這部分問題無關吧！如果跟學生之間曾經抄傢伙幹架過，他現在也不能繼續當老師了。

至於那些傷到底怎麼來的，千晶不肯說。不過那副傷痕累累的身體，似乎是除了好歌喉或帥氣長相外，千晶另一項吸引他人的特質。

「世界上就是有這種動不動就受傷的人哪！」說這話的畫家本人也是滿身傷痕，想必都是「戰績」。

「哦哦！沒錯，就有這種人，而且還是我認識的。那傢伙前前後後大概住院過三十次吧！全都是受傷，其中還有五、六次是車禍重傷。」

「三十次真是奇葩。」

「現在好像也維持每年受傷個兩、三回吧！年輕時更猛耶！咦？居然為這種事驕傲了起來。」

「哇哈哈哈！」

「說起來，龍先生身上也挺多傷的嘛！」

「左肩的傷痕怎麼看都像是被長匕首砍的。你是混流氓的啊？」

「至少也不是什麼老實人啦！」

「哇哈哈哈！」

「龍先生身上的每道傷痕好像都有一段故事呢！」

詩人顯得感觸良多。這句話讓我想到，龍先生曾這麼對我說過。

「你的人生還很長，世界也無比寬廣。放輕鬆一點吧！」

這句話被我當作至寶，蘊藏著許許多多的複雜情緒。話裡所隱含的意義，想必是由龍先生的人生經歷累積而成。包括他雙眼所見，親身感受，唯有將一切經驗與本身合而為一的人，才能讓這句話聽來如此生動鮮活，同時也像一把利劍，不偏不

倚地刺進我的內心。

（這樣啊……）

我也感觸良多。

（千晶的傷痕一定也是這樣吧！在身上刻劃著過去的無數經歷，所以那個老師才會如此充滿魅力……）

只是，令人傷腦筋的是有人會被那股魅力「掃到」，遭受池魚之殃吧！

（心情可以理解啦……但對手可是田代，後面還有神谷學姊哦，千晶。到底要堅持到幾時呢？）

在與田代或神谷學姊為敵之下，我不認為他能突破重圍，全身而退。

（又要辛苦拚到引起貧血了吧！）

一想到千晶的命運如此，讓我不禁對他抱以無限同情。

「我回來了～」

這時，現身在餐廳裡的是「麻里子」。

「妳回來啦！麻里子，怎麼這麼晚？」

「辛苦啦！」

「哦呼呼～這味道好香哦！琉璃子，有什麼吃的嗎？」

麻里子重重地一屁股在畫家旁邊坐下，卻又馬上站起來。

「對，吃東西之前先來罐啤酒，啤酒！」

她從冰箱拿出一罐啤酒（大罐），拉開拉環，還來不及坐下就咕嚕咕嚕一個勁地喝。

「哦哈哈哈哈～讚啦——！下班之後的啤酒讚到不行！」

麻里子是一名絕代佳人（這個詞也沒人在用了吧！應該說所謂「絕代佳人」根本不存在嘛）。一頭雍容華貴的褐色長鬈髮，眉目嘴角之間流露著可愛又嬌媚的神情，纖纖頸子下是細緻的鎖骨，外加連時尚模特兒看了都汗顏的超級火辣辣身材。不過，一副嬌軀下的個性居然……跟歐吉桑沒兩樣！麻里子是幽靈，因為她已經死了很久，身為女人嬌羞之類的情緒全不知道拋到哪兒去了。真希望她別再若無其事地全身上下光溜溜地跑進男浴池。

「這陣子很忙啊？」

麻里子向畫家討了根菸，畫家隨即遞上菸讓她叼著，還順便點火。這兩人的一舉一動簡直美得如畫，讓我看得傻眼。畫家的帥氣自然不在話下，而就算骨子裡是個歐吉桑，麻里子喝著啤酒、抽起菸來的模樣還是美得像幅畫。想必她在生前一定超有男人緣吧！

「新來了二十四胞胎嘛！忙得暈頭轉向，哈哈哈！」

「二十四胞胎？哇哈哈哈哈！」

詩人和畫家同時大笑。

麻里子是妖怪托兒所的保母。居然還有妖怪的托兒所？很酷吧！還有妖怪醫院呢！我猜，一定也有妖怪學校。

放棄投胎，長期照顧妖怪小孩的麻里子——這位絕代佳人過去一定也有很多故事吧！

麻里子一手拿著第二罐啤酒，一面津津有味地吃起豆皮滑蛋烏龍麵。

二月十四日。

「很感謝大家的心意，但我不收情人節巧克力啦！」

雖然千晶預先拉起封鎖線，但他的辦公桌上還是堆起了巧克力小山。

「名不虛傳哪！」

放學後，我拿了日誌到教職員辦公室，看到千晶癱坐在沙發上，索然無味地抽著菸。

「老師，等到白色情人節回禮時會很辛苦喲！」

我故意逗他說，千晶卻沒好氣地回答：

「我才不回禮呢！沒完沒了。」

「這些巧克力該怎麼辦？」

「有附上信的就把信抽掉，巧克力直接捐給附近的幼稚園。」

「至少也吃一下嘛！」

「我是不討厭巧克力啦……可是堆得跟山一樣，誰想吃呀！」

「這種說法還真欠打。」

「對啦！你有沒有收到啊？稻葉。」

「收到兩個匿名的，還有田代給的人情巧克力，總共三個。」

千晶吐了一口煙，語重心長地說：

「真好，這樣剛剛好。」

「這句話從你口中講出來，一點也不值得高興。」

千晶看起來相當疲憊。通常太過疲勞或身體狀況不佳時，抽起菸來好像也覺得味道不怎麼樣（別抽不就得了）。

原本老師們在學期末就夠忙了，千晶還得照料一群流氓學生（這段時間會陸續出現那些慘遭留級命運的人，或是要被退學的傢伙），哪有閒工夫理睬送舊大會的事呢？田代她們老叫人家參加還真是找麻煩。

「啊！」

沙發後面的窗外正好是中庭，隔著窗戶，我看到了「新學生會」的成員。

条東商校中庭種的植物，看起來就像一般的公園。校舍旁邊有一排低矮的植物，中間夾著一條石板小徑，庭院正中央由較高的植物區隔出幾處小空間，放了幾張長椅，坐在裡頭，感覺像置身於隱密的小庭院，女生們最喜歡了。據說有些學生想躲在這裡幹些不可告人的事，但很不巧的，從教職員辦公室可以看得一清二楚。

「她們在討論送舊大會的事吧！」聽我這麼一說，千晶立刻伸長了脖子望向窗外，似乎很在意。

「老師，你就別再頑強抵抗啦！答應演出嘛，這樣也比較輕鬆吧？」

「多謝你事不關己的意見。」

千晶皺起眉頭。

雖然聽不見對話內容，但看樣子，田代她們五個女生討論得相當熱烈。千晶先是躲在沙發後面偷看，沒多久站起來說：

「稻葉，你跟我來。」

「跟、跟你去哪？」

他拉著我走到窗邊，接著身手矯健地從窗戶爬到外面。

我還來不及思考，就跟在他後面爬窗子出去……

「從來沒聽過有哪個老師會從辦公室的窗戶溜出去。」真令人傻眼。

千晶和我就蹲在植物旁邊，豎起耳朵聽著田代她們的談話。

「所以，『歡送畢業生話劇』已經交給戲劇社負責了吧？」

「嗯，ＯＫ。」

「鴿子準備得如何？」

「還在等廠商回覆，這段時間生意特別好。」

「這倒是。」

「花的部分沒問題啦！」

雖然不見新學生會會長松岡，以及另一位副會長（男生），但田代她們討論的內容果然就是送舊大會準備的事。不過，一群人大口大口嚼著零食，還狂喝飲料，說討論不如更像喝下午茶……不是，這……這果然只是單純閒扯吧！

「欸～千晶那邊呢～」田代起了個頭。

「來了……！」

千晶整張臉皺成一團。

田代話一出口，一群女生頓時high了起來。

「絕——對要成功！無論用盡任何方法都要讓千晶老師出場！」

「沒錯！要使出殺氣攻陷他哦，田代！」

「這麼強勢啊！好害羞～」

「要不然我們會被學姊們恨一輩子啦！」

「我可不要。」

「在社團裡根本是遭到圍剿嘛！說什麼老師只偏袒你們二年級吧？氣死人了，我真的嚇都嚇死了。」

「三年級學姊真的氣炸了。」

「據說致命傷就是校外旅行那次千晶唱的歌。」

「那有什麼辦法，對吧？千晶是二年級導師呀！」

「這個理由她們根本聽不進去嘛！」

「神谷學姊完全失去理智了。」

幾個女生像機關槍似的你一言我一句，同時不停把零食和果汁往嘴裡送。她們到底什麼時候換氣呀？

「話說回來，我也想聽千晶唱歌呀！」

「全身黑色皮衣、皮褲，而且要很緊身，外加皮靴！」

「綑綁裝！」

「好想看哪～～～」

「不能拐到他唱歌的話就改演戲好了。為了千晶老師，要我花多少時間寫劇本都行。看是要溫馨感人，還是纏綿悱惻的都行。」

「我想看纏綿悱惻的～～～」

「跟高山老師演對手戲！」

「跟高山老師合演！」

「哇～～～呀！」

……這離題太遠了吧！

「高山老師太好了，跟千晶的體型達到完美平衡，兩人站在一起看上去簡直萌到不行！」

「他們兩個其實感情不錯哦！」

「高山老師比千晶年輕，對吧？」

「好萌～～～喲！」

「魔……魔女集會……」

我忍不住低吟。這不是茶會也不是閒聊，根本就是魔女集會呀！身旁的千晶也抱頭苦惱。

「啊！我剛想到一個超棒的點子，可以提出來嗎？」

「快講啊，快講！」

「就請所有老師參加演出，只要簡單的短劇……就是傳達一些對畢業生的鼓勵，加上唱歌。就唱『貓』吧！怎麼樣？」

「哇～～～！」

「呀～～～讚！」

「化貓妝還有穿貓玩偶裝嗎？還是戴貓耳？」

「太適合了！千晶老師戴起貓耳保證超好看！」

「貓耳耶，好萌——喲！」

「喂喂喂——妳們幾個～～～！」

千晶再也按捺不住，氣得站起來大吼。

「哇——呀！」

「千晶?!」

一群女生先是看來一臉驚訝。

「什麼戴貓耳很萌？淨想些無聊的鬼點子……」

千晶話還沒說完，這群女生就全都撲了上來。

「老——師！」

「老師！請出席送舊大會——吧！」

「來啦～～～！」

「老師如果不出席，我們會被三年級追殺啦！」

「唔哦！」

千晶被推倒在草地上，一群女生繼續圍攻。

「不唱歌的話，演戲也行。」

「我可以寫劇本，還包辦服裝！」

「和高山老師演出纏綿悱惻的浪漫愛情戲！」

「三年級學姊一定會很高興的——」

「妳們在摸哪裡啊？喂——！」

千晶被一群女生像章魚似的團團纏住。這群魔女吃定了他不會隨便碰女生的身體以求掙脫（就算不小心也不能碰到胸部或臀部），索性大方蹂躪起他，開心得很。

咦？問我為什麼只袖手旁觀不挺身相救？……不是吧，這種狀況下有誰敢飛奔上去解圍呀？

「還是你比較喜歡戴貓耳？」

「演『貓』還不錯吧！」

「老師很適合貓耳造型——呀！」

「好想看老師戴貓耳啊啊啊～～～！！」

我躲在植物遮蔭處暗自合掌，祈禱這副情景沒讓其他老師撞見。麻生或中川還可能只是「又來了」一句話帶過，但青木可沒這麼好打發。那位（乍看之下）清純又認真，就像從畫中走出來的女老師，若是目睹這幅地獄圖……太可怕了。就因為青木怪罪的對象不是那群女生而是千晶，所以才恐怖呀！

「好啦！我知道了！」

在眾魔女的糾纏下，千晶大喊一聲。

「我唱歌！讓我唱歌！」

所有人又跳又叫。

「太棒啦——！」

「呀——！」

「哇～～～成功啦、成功啦～～～！」

這幾個女生雀躍不已地圍著倒地的千晶，看來跟密會時在祭品前手舞足蹈的魔女一模一樣，嚇死人了。

「快去跟阿松報告！」

「節目得重新安排才行！」

「這件事暫時不要讓三年級的知道哦！」

「老師，細節之後再談，總之這件事就算正式定案了！」

「不可以反悔哦！」

魔女們七嘴八舌地一哄而散。我愣在原地，茫然目送著她們。

「……稻～葉～……」

千晶搖搖晃晃地站起身，頭髮亂七八糟，全身沾滿青草，上衣釦子鬆開，露出裡面的汗衫，模樣狼狽到不行。

「呃，那個……就是木已成舟了嘛！老師。」話才剛說完，我的頭就被他一把夾住。

「什麼叫做木已成舟？臭小子，幹嘛不救我?!」

「好痛呀呀呀！誰敢做那麼恐怖的事呀?!」

於是，魔女們如火如荼地籌備起正式的聚會。

果然，魔女集會得先找到祭品，才能開始。

萌嗎？

距離送舊大會還有兩星期。

新學生會暗地裡顯得生氣蓬勃，尤其田代似乎更是每天都樂不可支，整個人容光煥發。

「哎呀呀！一想到策劃千晶登台演出就開心到不行，連晚上都睡不著。」

田代說這話的時候，全身散發著粉紅色的氛圍。

「妳還真是個幸福的傢伙。」

「人生就是懂得享樂的人獲勝啦～」

「妳這副樣子就是最好的寫照吧！」

看到那些為了交不到朋友、為了未來而擔憂，或是不知該如何是好而暗自煩惱的人時，真希望把妳那股神經大條又積極的能量拿來分人家一點。

「總之，就是這樣啦！稻葉。你看，這個是不是很適合千晶呢？」

田代邊說邊翻著時尚雜誌。照片上的模特兒在赤裸的上半身披著一件黑色羽毛長大衣，搭配超短黑皮褲，腳上則是一雙長至大腿的靴子（而且不知是豹紋還蛇紋，反正就是超豪華、超豔麗）。

「品味真差！」

「才不會，千晶做這種打扮一定爆讚啦！」

「千晶會答應扮得這麼娘嗎？」

「才不娘咧！千晶穿起這種品味遊走在邊緣的衣服，一定也是帥到不行。他這身打扮唱起The Yellow Monkey❶……哇塞，超萌的～～～！」

「田代啊，妳要自我陶醉是無妨，可是別忘了這是送舊大會耶！妳以為學校會允許這種服裝出現嗎？」

「……」

「青木會像惡鬼一樣反對吧？」

「嗯～……還是應該全身黑色皮革綑綁裝呢？」

「還不是一樣亂來。」

午休時間。以二月來說是個無風的溫暖氣候，我索性上到頂樓。

來到水塔旁的老地方，只見千晶懶洋洋地癱在被和煦陽光曬得溫暖的水泥地上。

❶譯註：這是一個日本搖滾樂團，一九八九年組團，在二〇〇四年七月宣布解散。

「……老師，還好吧？」

「頭好痛啊……」

看他一臉不耐煩的表情，我立刻猜到他頭痛的原因。

「那個還不錯啊——黑色羽毛長大衣……很華麗耶！」

我噗哧一聲。

「你還笑。」

「你要穿嗎？」

他直接踹過來一腳當作回答。

「在那個之前是黑色皮革綑綁裝，再前一個是寶塚風格蕾絲荷葉衫的王子造型，還有貓耳……真有辦法每天一個換過一個，想出的淨是一些蠢點子。要是把那股衝勁放在讀書上，應該能考上東大吧！」

千晶一臉苦悶地叼了根菸。

「不如意事十有八九，這就是人生哪～」我一面說著，一面在千晶旁邊坐下。

他卻對我說：

「稻葉，你這個人哪，腦袋跟老頭子一樣，一定是身邊太多大人害的。」

「……是嗎？搞不好哦！」

「但你沒必要跟著變成大人啊！」

千晶長長地吐了一口煙，這句話，之前秋音也說過。

「你跟田代加起來除以二，就差不多剛剛好啦！」

「我才不想跟田代混在一起。」

千晶從喉頭發出「克克」笑聲，說：

「那股活力我還滿想要的。」

「的確很有活力啦，看起來每天也很開心。像田代、櫻庭她們總是聚在一起的幾個人，或是新學生會的成員，感覺她們的人生比一般人快樂上好幾倍，隨便說一句『好萌哦～』都覺得很愉快。」

「這就是『好萌～』的好處啊！不管有多蠢、多驚險，就算在旁邊聽得頭痛，但就是讓人很愉快。陰沉的萌就不叫萌啦，那只是『欲望』，或許跟『萌』的分界很難劃清，但兩者明顯不同吧！」

「老師好清楚哦！」

「朋友之中有很多阿宅啦！」

「阿宅哦……嗯，這倒是。」

我唸中學時，班上有個「鋼彈宅」，對動畫「機動戰士鋼彈」超級狂熱。那傢伙從鋼彈宅進化到機械宅、女性戰士宅，隨時都看到他在看那方面的雜誌或同人誌，在學校裡從來沒見到他和其他人在一起，但比起好友只有長谷一人的我，他顯得更獨立、更踏實。他不但成績很好，運動方面也不差，每次問他「在看什麼書？」他都能清楚說明鋼彈相關書籍的內容，平時和別人溝通也十分良好，好像跟長谷還滿常聊天。為了「總有一天要實現製作出真正鋼彈的夢想」，畢業後，他去讀工專。

「沒交女朋友，也沒其他朋友，永遠只對鋼彈、機械、軍服著迷，乍看之下是個個性陰沉的傢伙，事實上卻不是這樣。」

千晶點點頭。

「就算房間裡堆滿了蘿莉玩偶，或是足不出戶，但阿宅這個族群和『蘿莉控』或『繭居族』就是不一樣。阿宅擁有屬於自己的寬廣世界，在那個世界中，他們是自由的。跟那些因為沒女人而只能對小女孩下手的傢伙，或是無法與他人溝通只好封閉自己的人，相較之下完全不同。」

「我也這麼認為，阿宅就要以阿宅的風格來成就大事。那些人呢，該說心滿意足嗎……？還是該說心神領會吧！」

「類似阿宅或腐女，在旁觀者眼中大多無法理解，但他們這類族群都能優遊在自己的世界中。就某個角度來看，比起某些只會幻想卻玩不起的人來說健康多了。」

「嗯。」

「真正危險的都是隱藏在普通人之中啦……」

他的語氣似乎很有感觸，像是想起遙遠的過往。

「……出過什麼事？那就是你不想在舞台上唱歌的原因嗎？」

我努力裝得輕描淡寫，卻鼓起勇氣問他。

千晶默不作聲，露出一臉我從沒見過的陰鬱表情。

他夾在左手手指上的香菸冒出一縷紫煙，菸灰越來越長，掉了下來。

過了好一會兒，千晶才舉起左手遮著陽光，露出手背上的傷痕。

「……這是被學生咬的。」

千晶突如其來這麼說。我愣了一下。

「你是說左手的傷？」

千晶點點頭。

「那個學生……嗯，實在不能算『普通的人』啦……是個可憐的孩子。」

就暫且用「洋子」來稱呼她好了。

洋子升上那所高中時，千晶是二年級的副導師。原本學生幾乎不會見到不同學年的導師，但因為千晶在那所學校同樣也兼任輔導老師，每天朝會都會出現在台上，當時二年級和三年級女生之間早已傳遍，稱他是「第一帥的男老師」。千晶當年在那所高中並沒唱過歌，但他這個人就算什麼都不做也很帥氣吧！高中女生自然不會錯過，就連一年級女生也在入學後沒多久就紛紛討論起他。

「千晶老師真帥～」一群女生常熱烈談論，在走廊上遇到千晶還會向他招手，或是沒事就到學生輔導室偷窺。那些身為千晶粉絲的女學生們，大多只是這樣圍繞著他，偶爾出現的情書也都匿名（比起來，条東商校的女生作風還真大膽）。

然而，洋子卻不同。

起初，洋子只是一個不怎麼起眼的學生，個性低調，不主動開口，也從未加入女生們的三姑六婆，總是獨來獨往。話雖如此，她看起來倒也不顯得特別孤單。班上同學大概不了解該怎麼和她相處，多半和她保持距離。每當大家熱烈討論著千晶時，她也露出一副興趣缺缺的模樣。老看她在筆記本上寫東西，不知道是不是在用功唸書。

不過，進入第二學期後沒多久，發生了一段小插曲，暴露出洋子老是獨自對著筆記本振筆疾書的真正原因。有班上男同學惡作劇，偷看她的筆記本。

本子裡寫的全是她對千晶的愛慕之情，神經質的小字密密麻麻地寫滿好幾頁。這副異狀讓班上同學嚇得又離她更遠。

「妳好噁心哦！真的！」

這已經超越「喜歡」或「仰慕」的程度，而是類似昨晚和千晶共度的種種，或是千晶和自己纏綿得多激烈等等，全都是一些天馬行空的幻想以及鹹溼內容。對此，其他同學們對洋子不再只是揶揄或欺負，而是打從心底真的認為她「超噁的」。

「不要再想著自己跟千晶老師做那種事吧！讓人雞皮疙瘩掉一地！」

「妳居然幻想跟千晶老師是情侶？太超過了吧！」

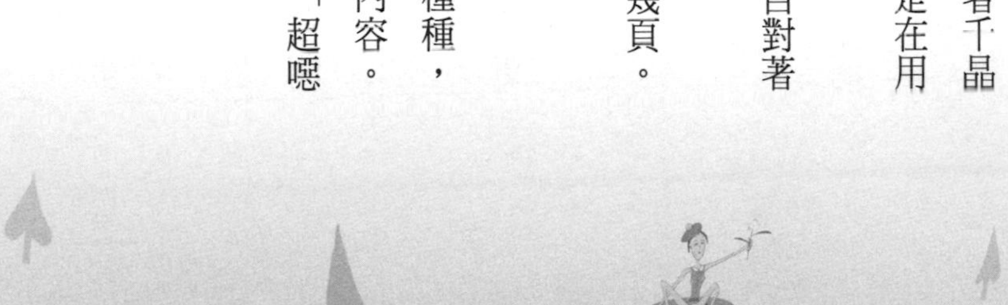

當時洋子沉默不語，沒對筆記本內容曝光而感到羞恥，也不因為遭受其他女生強烈譴責露出害怕或難受的態度，只是一臉不滿地撇著嘴。

班上女同學把那本幻想筆記本仔細地一頁頁塗掉，從那次起，全班真的開始對洋子視若無睹。沒了筆記本的洋子變得口中隨時喃喃有詞，和厭惡她的同學們之間距離越來越遠。當然，千晶根本連洋子這個學生都不認識。

後來，發生了一件事。

那是期中考的第二天。考試結束後，大多數學生都回家了，校內變得比往常更安靜。千晶因為有點事，留在位於特別大樓的電腦教室，教室裡只有他一人。

就在他看著資料，察覺到有異狀而回過頭時——

砰！一股衝擊流竄全身，讓千晶一不小心從椅子上跌落下來。

千晶挨了一記電擊棒攻擊。

閃爍刺眼的視線中，隱約看到洋子站在面前。洋子再次拿起電擊棒對準千晶的左肩。一陣電流釋放下，千晶整個人彈飛出去，躺在地上。

電壓種類分成很多種，但電擊棒功能本來就不是讓對方昏厥或死亡。不過，在疼痛和震驚下引起的混亂，已經能完全讓身體暫時無法行動。

洋子露出淡淡的笑容，低頭看著動彈不得的千晶。

「我才沒騙人呢……老師和我本來就是一對的呀……你說是不是？是不是啊？千晶老師。」

洋子從上方緊緊摟住千晶。

「老師就是這樣啊！摟著我不停地說，我愛妳，我愛妳，講了好幾千遍，大家卻說是我說謊，太過分了吧？」

這孩子的狀況不太妙……千晶心想，而且「沒那麼簡單就結束」。

千晶拚命移動麻痺的左手，拔掉隨身掛在皮帶上的一只小型防盜警笛的安全插銷（這麼說來，他身上這時也掛著防盜警笛。我之前完全沒發現過，可見多不起眼，聽說是千晶的朋友特別做給他的。那個朋友是機械阿宅嗎？）。

嗶——！嗶——！頓時傳出巨響。一百二十分貝的大音量，和噴射機的排氣噪音不相上下。

「什麼?!怎麼搞的？別這樣呀！老師。為什麼？為什麼這麼做？快住手，住手呀！」

洋子用力想扳開千晶緊握著安全插銷的左手，千晶則在疼痛與麻痺下發出痛苦

呻吟，全身拚命抵抗。

「為什麼？怎麼這樣？為什麼？」

洋子哭著抓起千晶的左手撞向地板，最後狠狠咬了一口。

這時，同在特別大樓裡的化學老師聞聲飛奔過來。

看到緊咬著千晶左手、血流滿面的洋子，化學老師嚇得說不出話。

「怎、怎麼？這到底是怎麼回事……！」

洋子頓時發出不亞於警笛巨響的尖叫，就在這一瞬間，她徹底崩潰。

「千晶老師跟我是一對的！而且千晶老師每天晚上都會來我房間，我肚子裡已經有千晶老師的寶寶了！！」

洋子血流滿面，不停大聲地哭著呻吟，一開始只想息事寧人的校方後來也不得不叫救護車，讓千晶和洋子分別搭上救護車，送到不同的醫院。洋子前往的當然是設有精神科的醫院，據說她上了救護車後還不斷叫著千晶。千晶左手的傷勢不輕，不但縫了五針，小指還骨折。

「後來才知道，洋子在中學時曾出過問題。中學校方以洋子已經反省為由，就沒把詳細情況告知高中，另一方面也設想到她是在學校被欺負的受害者。」

「……出過什麼問題？」

「跟蹤別人。」

「中學女生當變態跟蹤狂？」

「洋子中學三年級時，纏著一個運動社團的男生，後來好像還扯入其他女生，引起一陣騷動。」

另外，這也是事後才知道的，洋子在一個管教非常嚴格的家庭長大，所以她的個性認真刻板，又不懂得變通，交不到什麼朋友，當然也不知道該怎麼好好談戀愛，結果似乎變成一股腦糾纏著對方。不過，其他女同學自然不了解箇中原由，使得洋子始終遭受眾人漠視，最後她就像個蚌殼，躲在自己封閉的世界裡。

「很難想像洋子在那個封閉的世界裡，到底在想些什麼？無論如何，就是那些想法讓她發狂了吧……」

千晶皺著眉頭，眼角睫毛似乎微微顫動。

他抬起頭望向失去理智的洋子拿著電擊棒……光是想像，就令人不寒而慄。

其實不只這樣，洋子還有更嚴重的問題。

洋子的母親居然相信女兒的幻想，衝到學校破口大罵，盛氣凌人地直說要控告千晶和學校，那副態度任誰看來都覺得不對勁。

「沒錯……元兇就是她母親。」

這位母親也是來自家教森嚴的家庭，她灌輸給獨生女洋子的觀念就是，女人的貞節是最重要的美德。加上她本身有嚴重潔癖，對於坊間氾濫的「性」厭惡至極，開口閉口就是：「不檢點！」但她先生卻動不動就到內衣酒吧偷腥。

身穿內衣接待客人的酒店公主——這樣的女人，和洋子母親的形象根本完全相反。

兩人在洋子小學五年級時離婚，而洋子母親的言行就從那時開始變得不太正常。她不斷教洋子「性是罪惡」、「性很骯髒」，就像咒語一般唸個不停。此外，也不讓洋子看那方面的電視節目和雜誌，還不准洋子做些時髦打扮，因為那是「勾引男人」，甚至不許洋子和鄰居或班上的男生交談。

「不過，就算母親這樣告訴洋子，但她自己的確是父母經過性行為才生下來的。自己就是活生生的證據呀！光是這樣就足以讓洋子內心混亂、不知所措，更糟糕的是那段期間她正邁入青春期。稻葉，提到青春期你會想到什麼？」

「啥？」

「第二性徵啦！性荷爾蒙大量分泌，讓身體各部位出現變化，但就是有些人的心理跟不上生理的變化。你也有印象吧？」

「呃，嗯……」

我搔搔頭。

「理所當然地，洋子的身體和心理都變得更加女性化，看到帥氣的男同學也會怦然心動。不過，從小的教育告訴她這些都是罪惡、骯髒的，這樣的落差讓洋子感到更混淆。」

「結果就變成那樣嗎？」

千晶左手指間夾的香菸燒得只剩短短一小截。

「順從本能的身體告訴自己想要性愛，但這又是無法原諒的想法，於是心理和身體展開一波波拉鋸戰。一般人可能只流於想像或幻想，但洋子卻在長期持續壓抑下，連想像和妄想的內容都嚴重扭曲。」

最後，洋子心中那股妄想推倒了與現實相隔的那道牆，傾瀉而出，甚至連現實也一起扭曲。

身為始作俑者的母親向警方控訴千晶強暴她女兒，還讓她女兒懷孕，但這些很快就證明並非事實。然而，這位母親仍堅持「不承認這樣的現實」，就和她女兒一樣。

「那……那對母女……後來怎麼樣？」

「兩人都得住院治療，到現在也沒能出院。」

千晶把菸在隨身攜帶的菸灰缸裡按熄。

「……好嚇人哪！」

「性衝動本來就不該一味被壓抑。因為無論是什麼形式的愛，一旦喜歡就會想要有肢體上的接觸，這是再自然不過的感情……不過，我也反對過於開放就是了，還是得經過某種性教育才對吧！」

「比方用充氣娃娃來實習嗎？真可笑。」

「在小學裡開設『性愛教室』嗎？怎麼可能。如果我是小六學生絕對不會想上這種課，而且站在老師的立場，我也不會那樣教。」

性教育……我小學的時候上過嗎？不記得了耶，大概沒啥興趣吧！至少一定沒有一堂課是用充氣娃娃教大家「跟女生一起要這樣做」。不過，如果真是這樣的話……那個個性怪異的長谷會有什麼反應呢……！真想看看。保證他嗤之以鼻，冷笑著嘲諷老師，絕對沒錯。

「喜歡我當然沒問題，想跟我上床也無所謂，管他想像還是妄想，都能天馬行空、隨心所欲。就算再荒唐的妄想，在想像的世界中也可自由翱翔，責怪這樣的行為是錯的，因為問題在於本身是不是能好好掌控這些想法。」

「嗯。」

「像田代她們，大吼大叫說：『好萌～』的這種人才好。什麼貓耳很萌之類的，這幾個人跟她們的幻想和平共處，樂在其中，這才是最重要的。」

千晶說到這裡，終於露出了微笑。

「不過，你還是討厭貓耳吧？」

「討厭得要命！」

害羞得說不出口

週末，長谷在百忙之中抽空來到公寓。

「小圓～～！」

與小圓睽違已久的相見＆擁抱，他蹭著小圓胖嘟嘟的臉頰，說：

「呼啊啊啊～好有療癒效果喲……」

長谷那副慵懶的模樣看起來實在不像是附近小混混的地下頭目……簡直像個呆子，覺得自己的小孩最可愛的呆子。

「很忙嗎？」

「嗯，事情滿多的，現在又是學期末……高中還剩一年就要畢業了。」

「……嗯。」

「秋音也要離開這棟公寓了啊？真讓人感傷。」

「可是她說還會再回來喲！」

「是哦。」

明年的這個時候，我又是怎麼樣呢？還會一樣在妖怪公寓的這個房間裡，像這樣和長谷一起談笑嗎？

感覺似乎有些哀愁，是因為到了離別的季節嗎？

透過彩繪玻璃射進來的二月明亮陽光，化成七彩落在榻榻米上。

「慶祝長谷再度連任學生會長！」

公寓裡的各住戶一起向長谷道賀。大人們只要有機會喝得痛快，什麼名目都無所謂。

「這個炸什錦……太讚了！」

長谷感嘆。

「搭配的醬汁很清爽，吃多少都不膩。」

秋音像吃零食一樣，抓起一塊塊炸什錦直往嘴裡送。

妖怪公寓今日晚餐的菜色，有使用檸檬汁的爽口義式炸什錦、呈現漂亮鮮綠色澤的毛豆豆腐、蘿蔔小魚沙拉、蟹丸金針菇清湯。主食則是加入鮭魚和鹿尾菜一起蒸的菜飯。啊！季節似乎從冬天漸漸變換到春季了。

炸什錦用了紅蘿蔔、洋蔥、青花菜等各式蔬菜，色彩鮮豔，還分成加入蝦仁和沙鰍兩種。此外，還撒上超細的義大利天使髮麵當點綴，吃起來更添酥脆口感。

據說在麵衣裡加入少許太白粉會讓口感變得更脆爽，加入乳酪粉和削細的檸檬

皮，讓整道料理散發濃～濃的義大利風味。不僅如此，其他如將雞高湯、番茄丁、檸檬等混入醬汁中，也是義式料理的常見作法，大人們今晚就喝白酒搭配這道菜。

「千晶老師如果戴貓耳，我也要看～夕士，你加把勁推波助瀾，加油！」

秋音拿著一只大碗公邊吃菜飯邊說。

「秋音……」

打從秋音在校外旅行的照片中看到千晶後，就完全成了千晶的大粉絲。

「不過啊，千晶老師也很辛苦啊！太受歡迎的人也會因此有一些煩惱。」

「沒錯、沒錯，我覺得那些說受歡迎真happy的傢伙，根本全是笨蛋。」

詩人和佐藤先生笑著說。唯有走過了漫長人生，才說得出這麼有分量的話，他們應該看過各式各樣的人吧！尤其是佐藤先生（他化身為人，陸續在各個公司服務過，至今大概超過一百年。他喜歡用人類的身分生活）。

「學生在下課後的教室裡偷襲老師……簡直跟A片一樣嘛，呵呵呵！」

答腔的是我那位詭異程度絲毫不遜於妖怪的「前輩」——操縱魔法書《七賢人之書》的主人「舊書商」。

「原來重點在這裡呀！真不愧是舊書商老兄。」

「千晶老師的真心話，應該是儘可能不要去刺激那些正在『性頭』上的人吧？」

舊書商一面津津有味地吃著炸什錦，一面對我說。我聽了點點頭。

千晶很清楚，他自己在舞台上時散發的特殊氣質，換句話說等於一種性感象徵。就連常被田代嘲笑「反應遲鈍」的我，也認為舞台上的千晶格外有魅力。雖說那是千晶與生俱來的才華，但也很無奈。如果他是真正的歌手倒另當別論，就區區一名教師來看，處理起來確實稍嫌力不從心。他自然擔心，會不會有學生因為自己而扭曲了原本「健康的幻想」。

「中學到高中這段時期最恐怖了，身心都很脆弱，感覺就像走在一根細細的銀線上，有時甚至可能一瞬間就毀了往後一輩子呢！」

「第二性徵可是很麻煩的。」

「因為腦袋跟不上身體的渴求。」

「這段時期常在無意識中處於欲求不滿的狀態，甚至於動不動就想打破學校窗戶！」

不知道大人們心裡是否有數，總之每個人都露出了淡淡的苦笑。

我的周圍也有那種小學之前很正常，上了中學後突然性格大變的傢伙。有的是放個暑假回來就變成小太保來上學，變化很明顯；也有的是感覺言行舉止有些怪怪的……沒多久居然不見了（後來才聽說被送進專門收容問題人物的特殊機構）。

我也曾有過一段心浮氣躁的時期。我還以為是因為父母雙亡後寄住在伯父家的關係——不對，應該還是有影響吧……原來，跟荷爾蒙大大有關哪！

「只要不引發類似殺人這種偏激的行為，單純個性暴躁倒還算好的呢！不過，居然也有像那個洋子那樣真的發瘋的例子。據說，調查那些瘋狂的新興宗教教主或信徒，發現不少人過去在中學時期都曾有過類似這種發狂的經驗。」舊書商說道。

「真可怕。」

「這就顯示『性』對腦袋造成多大的影響。說穿了也是天經地義啦！因為這是生存的本能呀！而且跟『死』是雙生關係。」

「和『死』是……雙生關係？」

「就是『生與死』。」

「由於直接牽涉到性命，腦袋和身體的反應都特別大嘛！『生』總背負著『死』啊，永遠不可能只有一方存在。」

哦哦……舊書商居然會有這麼高尚的言論，原來他不只是個色老頭呀！

「每個人都經歷過青春期的不穩定，但多數孩子都能正常長大。你們知道差別在哪裡嗎？當然就是親情。如果能在父母的愛的教育下成長，孩子也會慢慢建立自信，這股自信就成了戰勝各種煩惱的武器。」

我和長谷都用力點頭，非常了解舊書商這番話的涵義。

「當然，也有人在青春期就發光發熱的喲！」

詩人說了句極具詩人風格的話。

「在了解生物原始性愛之前的孩子，就像一件精緻的透明玻璃作品，晶瑩剔透，閃閃動人。簡直就像處於夢境與現實的一線之間，可謂奇蹟的瞬間哪～」

「啊，我懂，這就是人類的美好之處。」

佐藤先生也一起感嘆，旁邊的舊書商則一貫輕輕地笑著帶過。

「這也是荷爾蒙造的孽呀～」

「我的精神可是花在每天修行呢～」

秋音正準備添第四碗公的飯。

「比起閃亮亮，秋音更像活跳跳吧！」

「只要找到其他專注的事物，讓欲求不滿的狀況昇華就行啦！」

「對，對！昇華很重要哦！追根究柢，『性』也是『心』的問題。就算花上一段時間也無所謂，總之，一點一點地將欲求轉移到現實生活中的性事就可以了。」

聽著大人們的對話，長谷也拚命點頭。

「那些身心不協調的傢伙呢，簡單講就是太閒了啦！其實不只小鬼，任誰都會感到焦躁、不安，差別就在於遇到這種狀況時，有沒有什麼事情可以讓自己分心，暫時冷靜下來。運動也好，其他覺得『好萌』的事情也行。」

「只不過呢……」

詩人為舊書商的意見補充說明：

「千萬不能是會上癮而無法自拔的東西。」

「上癮而無法自拔的……」

「最具代表性的就是——藥物。」

「哦哦～」

「用藥物可稱不上冷靜哦！不過，有不少小鬼認為這樣可以很容易讓心情放輕鬆，話說回來，這麼做根本不能解決嘛！」

佐藤先生聳聳肩。

「要我說呢，我覺得連電動也不行，花太多腦力了。那種東西應該用在調劑心情上。」

「秋音，說得好。」

「打電動也是一種上癮啊～上網也是吧！」

「不做就開始感到焦慮？真白痴。這是有病吧！閒閒病。」

「瘋狂沉迷網路的人還不少耶！」

「就跟毒品一樣吧！那些欲求不滿或感到憂慮的人一下子就著迷，然後也會輕易喪失理性。說到底，這些傢伙不曉得自己要的是什麼。」

「然後就會搞不清楚狀況，以為全世界都是他的。」

「所以絕不能上癮到無法自拔。」

「啊，說到不能上癮的話，宗教或心靈療法這類也一樣。」靈能力者秋音這麼說。

「那才是『毒品』哪！」

「那……如果找不到什麼可以投入的人……」

中學時代的我，差一點就成了精神失衡而崩潰的人，談起這些事格外感同身受。

「那就太悲哀了。」

「少天真了，個人造業個人擔啦！」

「那就忍耐吧！忍耐。其實絕大多數問題都能靠時間來解決。」

「好像總有些人會說自己很軟弱，或是找尋不到自我啦，講得很偉大。這是一種大徹大悟嗎？接下來還會說，像你這種堅強的人懂什麼啊?!對啦，我是不懂，也不想懂呀！」

「哇哈哈哈！慣用句！沒錯、沒錯，就是『你懂什麼啊?!』」

「真正軟弱的人才不會講這種話。」

「說這種話的人最狡猾了，以為這樣說完就能逃避，真低級。」

嗚，真犀利。長谷也忍不住苦笑。

這裡的大人們（包括秋音），不時會爆出嚴肅到麻辣的意見，絕不因為是孩子或弱者就輕易放過。

「至於能不能順利遇到自己喜歡的事物，也和運氣有關呢！深瀨就是活生生的例子。」

詩人說道。他和畫家是老交情了。

畫家在中學時，將心中的焦慮和不安，以毆打老師、打破教室玻璃、偷機車到處騎等行為來發洩（他是尾崎豐❷啊？）。然而，當他遇到繪畫後，便發現了自己的才華，從此擺脫莫名的不安與焦慮。

「深瀨的狀況可說是個明顯易懂的例子，就是無法妥善經營自己的孩子，在面對青春期時爆發欲求不滿的情緒。但他在之後找到自己能投入的事物，藉此建立了人生的目的。所以，父母的責任和現代不虞匱乏的社會都有問題。

「想想洋子那件事，父母的責任果然很大啊！」

「父母要更認真想想，孩子就是自己血肉的延續，而進一步在血肉之軀中注入靈魂，也是父母重要的任務。」

「不過，孩子並不是父母的洋娃娃。」

「沒錯！也有很多父母誤解了這一點。」

❷譯註：尾崎豐是八〇年代後期爆紅的歌手，帶點叛逆的思想深受年輕人喜愛。

只差一步可能就會將欲求不滿爆發出來的我，究竟是什麼讓我冷靜下來的呢？

當初我一個勁兒埋頭看書……

（啊……是長谷嗎？）

我忍不住偷瞄了長谷一眼，長谷則專心聽著詩人他們的談話。

像我這種動不動就輕易封閉自我的人，長谷始終守護著我，不時送我書，請我吃東西。即使我父母過世，他的態度也一如往常，和我們小學三年級剛認識時一模一樣。那副絲毫未變的態度拯救了我。

「朋友……也很重要啊！」

我說完之後，這下子換長谷瞥了我一眼。

「當然。」

「那還用說。」

大人們異口同聲。

「只不過，是兩面刃喲！」

詩人笑著說。他眼中不帶一絲笑意時真恐怖。

「太過依賴朋友也不行。」

「話說回來，到底什麼叫『朋友』就是個問題。」

「交到壞朋友，最後也可能落得兩敗俱傷。」

「這種根本就稱不上是朋友吧？」

「朋友能交到一百個嗎？辦不到嘛！」

「有可能一廂情願地誤以為是朋友。」

因為了解他們言下之意，我和長谷不再邊說邊看對方，而且還忍不住偷笑。

「我回來了～」

麻里子回到了公寓。

「妳回來啦！」

「我又來打擾了。」

「啊，是長谷啊。呀呵！」

「麻里子，妳怎麼背著一大件東西？」

麻里子的脖子上掛著一大件用白布包裹的東西。

「這個啊，人家暫時寄放我這裡啦！」

費盡九牛二虎之力把東西放到桌上後，麻里子鬆開白布。大夥兒興致勃勃在一旁圍觀。

那東西看起來像是一顆青色的石頭，雖然外型像壓扁的橢圓形，卻呈現非常美的青色。

「是石頭？」

「好漂亮。」

「感覺好奇妙哦！」

「真不愧是秋音，妳知道這是什麼呀？」

「這是活的嗎？」

「咦？」

「是啊！這是一顆蛋。」

「蛋？」

所有人異口同聲地問。

「因為媽媽外出旅行，所以這段時間就託給我嘍！」

麻里子「嘿嘿嘿」笑著說，其他人也「呵」的笑了。

……是什麼蛋？而且，為什麼沒半個人問呢……？

洗完澡後躺在房間裡，我繼續和長谷聊天。

「這種時候有家人以外的聊天對象真不錯。」

長谷看著我，一臉欣羡地說著。

「咦？你說我？」

「這種跟性有關的話題，總不能跟父母聊吧！」

「……也對。」

就連父母雙亡的我也不難了解這狀況。

「不過，總會有些事想了解吧？這裡就有很多可以請教的前輩，稻葉，你真是好狗運。如果只是瞎扯些風言風語，那誰都會。」

「……嗯。」

生與死。

尚未成熟的身心受到背負死亡本能的強烈洗禮所動搖，這也是邁向成人的第一道考驗……其中當然有人無法成功突破這道難關。難道算是人類這種生物自行篩選的一種方法嗎？

「果然就連你也不會跟你老爸談這種事啊？」

聽我一問，長谷皺起眉搖搖頭。

「呃，真想講的話，我老爸也可以聊啦！我們家……關係比較理性冷靜，就是……感覺不太像一般的親子關係。」

「啊，我懂了！因為你是你老爸的小徒弟嘛！」

「不要說是小徒弟啦！」

「你們家的狀況就像師父和徒弟，互動關係比起一般父子大概相差一步的距離。如果我老爸還活著……可能沒辦法討論這些黃色話題，感覺他就不是那種類型。」我苦笑著說：「所以比起來，我更想跟你老爸談。」

長谷深深嘆了口氣，回答：

「最好不要。就算是師父，我看他也是個色胚師父，對孩子的教育沒什麼好處，只會說些有的沒的……」

「但我看你的成長很正常呀！」

我直指著長谷。他是追隨著他老爸長大的，總想著有一天要超越他老爸的背影，而長谷他老爸的背影就是如此挺拔，讓他有充分超越的價值。

我知道就算長谷皺著眉頭大罵「臭老爸」或「色胚師父」，但他和老爸之間的感情其實很深厚。若非如此，在一個這麼能幹的父親面前，同樣身為男人的兒子會不知所措吧！但長谷面對這座叫作「父親」的雄偉高山，從懂事起就燃起熊熊鬥志，高喊著：「我要征服！」一步一步地穩健往上爬。

我認為，或許正因為長谷比任何人都愛他老爸，而他老爸也一樣。只是這話一出口，我保證會被長谷毆飛。

如果沒有老爸對他的「愛」，長谷一定沒辦法堅持下去。

就某個角度來看，這似乎是父子之間最理想的互動模式。借用詩人的話，長谷他老爸真的給自己的親生骨肉徹底注入了靈魂。

「你老爸很受歡迎吧～～～」

身為超知名大公司裡的高層，「剃刀」這個綽號讓歐吉桑們聽了退避三舍（歐吉桑們大概認為這個綽號代表老謀幹練吧），但聽說每年到了情人節，不單自己公司，就連關係企業、往來廠商，甚至銀座的小姐，都會送上巧克力，數量多達好幾箱，受歡迎的程度從以前到現在都沒變過。

「他現在看起來還是很帥呀！」

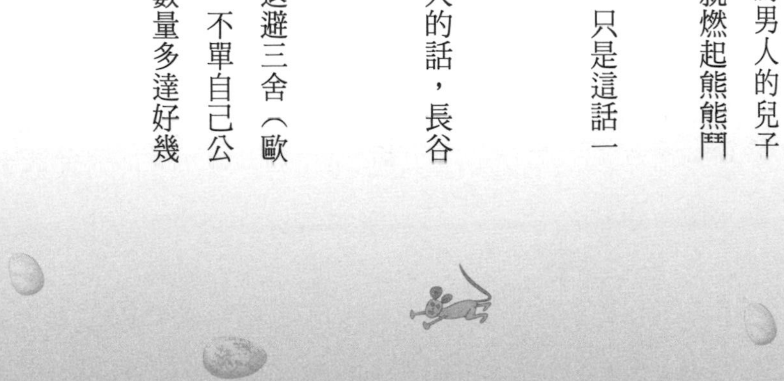

我一說完，長谷眉間的皺紋頓時更深了，好像一稱讚他老爸就讓他生氣。

看著他和他老爸一個模子刻出來的側臉，我心想：

（說得也對……如果彼此太親近……反而不能說這些表面話，就算我是真心的。）

我想他們父子倆在有女人緣這一點一定也沒兩樣……不過，實際上到底有沒有女朋友，我倒是從來沒聽他說過。

這類話題……也就是跟性事有關的內容，好像總避而不談。我也覺得有些難為情，不曾主動提起，感覺就像是「親兄弟之間不想透露自己的性生活」——不是啦，我自己根本等於沒有什麼「性生活」，才只不過是個高中生呢！何況也沒有能讓女生失魂落魄的閒工夫和閒錢吧？總之，此時此刻，我擺在最優先順位的就是穩定自己的生活基礎。

我猜一定是這樣，長谷顧慮到這一點，才不和我聊起那方面的話題。目前跟著帥氣的商業鉅子老爸「實習」的長谷，在他老爸的基本調教下，應該也已經接觸到「成人的學習」吧！無論是酒或女人，他老爸一定很了解一流的玩樂方式。對生意人來說，這些也是必備的吧！就連我都懂得這一點。

對於長谷為了顧慮到我而不提這類話題，這分心意我很感謝；另一方面，想到我們的交情即使不聊這些，也還有很多可談可做的，我更是打從心底感到高興。

此外，對我的遭遇表現出體貼的不僅長谷，他老爸也一樣。之前我去他家玩時，他老爸偷偷跟我說：

「等你高中畢業順利找到工作，我帶你去好玩的地方慶祝。敬請期待喲！」

他還豎起小指要跟我打勾勾說：

「這件事別讓泉貴知道哦！那小子一再囉唆交代，說什麼別干涉你們的私事。我就說，你們是新婚夫妻啊？」

他老爸苦笑說著。我則因為和他老爸之間有了「秘密約定」而感到開心得不得了。

（不愧是長谷的老爸，這就是所謂「成人的通情達理」嗎？）

長谷他老爸的率性，再次令我深深佩服。

先前我認為自己只是個「小孩子」，這下子似乎一腳踩進了「成人的世界」，用誇張一點的說法，就像劃下一道分界線……

大人的這種態度，的確會讓小孩子很開心呢！

因為這樣的互動來源，表示對方認真看待自己，仔細為自己著想，對吧？能實際感受到這種感覺……真的很高興。

「哎呀呀！諸位年輕人談論的話題真是年輕……小的也不禁有返老還童的感覺。」

富爾在說話的同時現身，看起來不知道又要囉唆什麼。

「怎麼樣？不如今晚讓兩位做個玫瑰色的夢……」

我在長谷背後用手指示意富爾閉嘴，他趕緊搖搖頭說：

「啊……咳咳！嗯～西蕾娜學會了一首新歌，希望能讓大家聽聽……」

「是哦？這次是誰的歌？」

「倖田來未。」

「哈哈哈哈哈！」

長谷聽了大笑，頓時我也覺得心情輕鬆。

其實，我還有另一件事對長谷保密，那就是「小希」裡有個叫「浦卡」的「魅妖」。

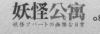

魅妖指的是操縱春夢的夢魔，也就是讓人產生激情夢境的妖魔。驅使這隻妖魔就能夢見心儀的女生，然後隨心所欲做愛做的事，有個滿是玫瑰色的夢境……據說是這樣。先講清楚，我可還沒試過，原因是「小希」裡的妖女絕不可信，況且也沒啥了不起的。

不過，我還是覺得……對長谷難以啟齒。萬一他說「試試看吧」，那也挺傷腦筋的。

像我這種連跟死黨也不敢聊下流話題的人，如果有人嘲笑我是沒用的小鬼也無所謂。就像剛才那些大人說的，「只要擁有能昇華欲求不滿情緒的事物就行了」。倒也不是對女生或那些黃色笑話沒興趣，只是我和長谷還有好多其他想聊的話題。雖然生活中沒有女生，但我過得自由又充實，這才是最重要的。

那天晚上，西蕾娜表演了學會的新歌——倖田來未的〈feel〉，用哼的（用哼的根本不算學會了好嗎？）。

提到父親的話題，讓長谷顯得有些氣呼呼。

「你們看，長谷的畫像耶～」

不過，一看到小圓用蠟筆在圖畫紙上畫的人像，長谷馬上又恢復好心情。不只這樣，秋音還在畫好的圖上寫了「爸爸」兩個字，讓長谷一把抱起小圓，全無平常的氣概……以下略過不再詳述。

距離送舊大會還有十天。

一、二年級進入期末考階段，這三天社團的歡送會練習也取消了。考完試得趕緊進行英語會話社的話劇才行，因為英語會話社的畢業生歡送會就在一週後舉行。

「嗯？對了……」

我看看旁邊埋頭讀著參考書的田代。先前因為千晶答應在送舊大會上高歌而雀躍不已，之後還說因此沒辦法專心練習英語話劇，但這幾天看她的心情似乎平靜下來了。

「送舊大會的內容全部定好了嗎？田代？」

「嗯？是啊，流程也差不多都ＯＫ。」

「千晶的部分呢？」

這時，原本看著參考書的田代抬起頭來說：

「稻葉，我跟你說啊，千晶居然說他一定會讓畢業生心滿意足，要我們一切交給他處理。」

「咦？交給他處理……意思是包括企劃和其他細節都讓他自己來嗎？」

「就是說呀！還說我們什麼都不必做。好像是要叫我們不用有意見吧？還撒嬌說否則他就不幹了。講話的時候噘著嘴咧，哇，超可愛的啦！」

「是哦。」

這又是一項大膽的行動。嗯，不過就千晶來說，與其被要求戴貓耳或穿綑綁裝，做些莫名其妙的打扮，還不如全部企劃都由自己一手包辦妥當些。

「嗯嗯，反正他說一定會唱歌啦！雖然少了貓耳有點可惜，不過一方面也很期待千晶不知道會設計什麼節目內容啊～原本千晶表演的事就對三年級的保密，這下子連我們也猜不透嘍。哈哈哈！」田代豪邁大笑……

不過呢，哎呀呀～有股預感接下來會越來越瘋狂。

好啦！期末考結束之後，在送舊大會之前，就是各社團的畢業生歡送會高峰

期。英語會話社也迎接這一天的到來。

「Thank you for inviting us!」（謝謝邀請！）

經常在跳蚤市場或暑假燒烤大會中交流、互相關照的外國人俱樂部「艾爾一九六〇」老闆喬治，帶了一些人過來。

「We look forward to this party every year. What's the program this time?」（我們每年都很期待這個派對，這次要表演什麼呢？）

「Cinderella.」（灰姑娘。）

「Cinderella! That's great!」（灰姑娘！太棒了！）

三年級學生們拚命為喬治他們說明。

「But...Cinderella is...Cinderella is a boy, and the prince is a girl...」（不過仙度拉是男的，王子是女的。）

「Ah! It's a boy and girl reverse drama?!」（哦！這是男女生性別顛倒的戲嗎？）

「A kind of a reverse drama.」（算是性別顛倒劇的一種。）

「I see.」（原來如此。）

我們將社團教室裡的課桌鋪上桌巾，布置成餐廳的模樣，還準備了果汁和點

心。喬治一行人和三年級畢業生就坐在那裡，在一年級學弟妹的服務下，欣賞二年級演出的話劇。

舞台後方已經做好了萬全準備。

「各位，都準備好了嗎？Are you ready?」

飾演公主的田代揭開序幕。

「It's show time!」（好戲上場嘍！）

響起熱烈的掌聲和口哨聲。就在喬治那一夥外國人擅長的誇張反應之中，話劇開演了。

穿得一身破爛的我擦著地板時，同父異母的兄弟過來欺負我。

「Cinderella! He's such a useless fellow!」（仙度拉！這個沒用的傢伙！）

「Stupid!」（蠢蛋！）

「Wash my underwear now!」（馬上去幫我洗內褲！）

看著被不斷使喚或是遭踢幾腳的我，觀眾們都忍不住捧腹大笑。

「夕士 is Cinderella! He is good for the position!」（夕士就是仙度拉呀！再適合不過！）

等到後母和同父異母的兄弟們到城堡中參加公主舉辦的「選駙馬大會」，我邊洗著內褲，邊喃喃自語：

「I want to go to the castle...and I want to eat splendid dinner.」（我也想進城堡…還想吃大餐）

「A-HA-HA-HA-HA!!」

觀眾們拍手叫好，而且不是因為安慰我們才勉強發笑，喬治他們的笑點還真低。

「Wow——!!」

接下來，擁有魔法的巫婆出現，我身上的服裝立刻變得華麗。

「Cool!!」（太酷了！）

台下歡聲雷動，口哨聲此起彼落。等到田代公主出場，觀眾們的反應更是達到沸點。

「小田 is a princess!! Unbelievable!! A-HA-HA-HA!!」（小田是公主呀！真令人意外！哈哈哈！）

「Wonderful!!」（太棒啦！）

田代搖著一把超大的羽毛扇子。

「Who will be my darling? Choosing one is so difficult.」（誰是我的達令？・這真是困難的抉擇呀～）她一說完，喬治他們都捧腹笑倒。

接著我和田代跳舞（就在我們跳著舞的同時，喬治他們從頭到尾笑個不停），到了十二點我就離開現場，留下一隻運動鞋。

田代公主拿著那隻運動鞋，到處找我，等到隨從拉著我的腳湊到臉旁邊大喊：「It smells like this, Princess!!」（就是這股味！公主殿下！）這時，喬治一票人又笑到最高點，整個翻過去，連三年級畢業生也笑成一片。

最後所有演員排排站謝幕時，一大堆紙花和糖果從觀眾席丟上台。

「I enjoyed it again this time.」（這一次也很盡興。）

「It was a splendid cast!」（角色分配得太棒啦！）

「Princess Tashiro is great!」（田代公主萬歲！）

之後留下一段時間，讓大夥和來賓以及三年級畢業生開心暢談。就這樣，英語會話社的「畢業生歡送會」告一段落。演員們穿著戲服，熱熱鬧鬧拍照留念。

「Hey, 小田！・What a beautiful princess, you are! I've never seen such a beautiful

princess!」（嘿，小田！妳這個公主實在太美啦！我從來沒看過這麼正的公主。）

「I'll display this photograph in the club.」（我要把這張照片放在俱樂部裡。）

「稻葉學弟，你演仙度拉實在太適合了。It becomes you（簡直是量身訂做）。」

在大笑聲中，我努力維持聽力，同時和大腦漿拚鬥似的說著英文，三年級學長姊即將從社團畢業。其中有些人往後會以校友身分回來玩，或是仍能在「艾爾一九六〇」碰面，但也有人從此再也不會見到。

「This is not good bye. We'll wait for you to come to the club anytime.」（這不是道別，我們隨時都期待各位光臨俱樂部。）

喬治打完招呼，最後學長姊們從一年級學弟妹手上接過花束時，眼角還浮現隱隱淚水。這也算是早一步的非正式小型畢業典禮。

「接下來就拜託你嘍！新社長。」

離開社團時，前社長江上拍拍我的肩膀。是的，我被選上接任英語會話社的社長。和長谷不一樣，這還是我頭一回被選上擔任「長字輩」的頭銜，真有點難為情。之後前任社長江上又瞪著田代，慎重交代說：

「好啦！再來就是送舊大會了，我們很期待喲～」

田代則是一身冷汗，「呵呵呵」地聳聳肩，

「啊～拜託千晶一定要搞定，我們的命全都握在他手裡呀！」

田代雙手合十說著。

「千晶什麼都還沒說嗎？」

「沒有，啥都沒透露。」

「而且就算要唱歌，也得準備伴唱機或音響之類的吧！」

田代搖搖頭。

「啥～都沒。我去問過他，還跟他說需要什麼儘管說，但他只說不要緊……而且又擺出小孩子鬧彆扭的表情。哎呀呀！真是可愛到破表。」

「既然千晶說不要緊，那就沒問題嘍！」

送走來賓和三年級學長姊，整理完社團教室之後，太陽已經下山了。西方天際一片橙紅和深藍的夾縫間，幾顆星星閃爍。

「二年級生活就此結束了耶！」

仰望著校舍間夕陽西下的天空，田代的語氣帶點淡淡哀傷，但接下來又說：

「這一年過得真開心！」

她轉頭望著我，雙眼閃閃發光，笑容滿面。

「是啊，很開心呢！」

「雖然對俊三有點抱歉，不過真想說他停職停得好啊！多虧俊三請長假，千晶才會來教我們。」

「喂喂喂！」

2—C原先的導師早坂俊三老師因為患了糖尿病，目前正接受治療。雖然不是重病，但似乎還需要一段時間療養。

我和田代邊聊邊離開學校。三年級還是維持同樣班級，和同社團的田代或許還有一年可以這樣一起回家吧！

剛入學時根本沒想過，竟然會和女生（話是這麼說，但實際上跟哥兒們也沒兩樣）放學時兩人並肩走著，有時信口隨便聊聊，有說有笑……

這樣的轉變讓我很開心，就算對象是個像哥兒們的女生，但是在兩年前的春天，我完全無法想像。那時候，我都在想些什麼呢？只是一個勁地用功，滿腦子想著找工作的事。光是離開伯父家就很高興，如果能交得到朋友就更好了。大概就是這些吧？

就像此刻条東商校中絕無僅有的一棵櫻花樹，長出了飽滿的花蕾等待綻放，我也感到相當充實。這些都多虧了長谷、公寓裡的住戶們，以及學校裡的諸位。

沒錯，父母雙亡的我非常不幸，但我不怨天尤人，況且心存憤恨也於事無補，所以一心拚了命勇往直前。

但現在我的心情舒坦多了，不但能看著前方，還能環顧四周。邁步向前固然可取，但稍微放慢腳步不也很好嗎？我學會了邊走邊留意周遭，然後發現在我身邊有這麼多好人。雖然我的父母過世了，但周遭的人讓我感受到親子間的情感，對我關照有加。多虧了這麼多人，我的學生生活除了上學、求職之外，還增廣見聞，多了思考，享受生活。就連遇到一般人可能顛覆人生的事，我也能坦然接受。

「升上三年級也要開開心心的喲！」

樂觀到極點的田代說著。

「嗯嗯，是啊！」

我附和著她，心情也頓時變得輕鬆。

街上的櫻花差不多該陸續綻放了。

自此結束，
從此開始

到了畢業典禮前一天，也就是条東商校的送舊大會當天。

上午進行了畢業典禮的預演。除了學生會幹部和志工（主要是我們2—C的學生），一般一、二年級學生都到下午才上學。

三年級畢業生練習期間，志工就在學生會的指揮下跑腿打雜（像是遮住禮堂窗戶或撿垃圾之類，還有午餐打飯）。

這時，我發現禮堂旁邊停了兩輛休旅車，有一群沒看過的人，五、六個二、三十歲的男人，好像還有其他人在車上。那群人之中有個身材特別高大的男子，留著一頭褐色長髮。

「……外國人？」

出現在那名疑似外國人身邊的居然是千晶，還和那群人像是很熟似的交談。特別是那個很像是外國人的高大男子親暱地搭著千晶的肩膀。仔細一看，每個人胸前都別著条東商校的通行證。

「千晶帶進來的人……？也就是說，跟今天的表演有關嘍？」

只不過，包括高大男人在內的那些人，看來不單只是千晶的朋友。該怎麼說呢……？好像有種類似「表演團體」的氣質……感覺不像「平常是一般上班族，今天特地為好友千晶跨刀」。說不上來，就是有點專業人士的氣勢。

「對了，千晶之前不是參加過小型演出嗎？這些人會不會也是玩音樂的？」

畢竟是千晶，感覺他多少和演藝圈有些關係。他今天到底打算怎麼做呢？而且，現在又冒出這群像職業團體的人，他真是個讓人猜不透的老師呀！

「第五十一屆畢業生歡送會，正式開始！」

在新任學生會長松岡的宣布下，送舊大會就此展開。連續兩屆擔任學生會長的「老大」神谷學姊看著現場的模樣，感慨萬千。

連同一、二年級學生在內，擠爆的禮堂裡「呀——！」夾雜著尖叫的歡聲此起彼落。整個會場的情緒明顯沸騰，感受到女生們的熱切期待。神谷學姊也恢復一名普通學生的身分，和其他女同學興奮說笑，可愛極了。

有些學校會邀請專業藝人來辦演唱會（順帶一提，聽說長谷他們學校每年都請知名歌手），但全年藝文活動預算只夠邀請藝人一次的敝校，送舊大會就由管樂社的演奏揭開序幕。新學生會及我們這些志工，就得為了舞台布置、音響、照明等在會場中到處巡視，來回奔走。

舞台上降下一面大螢幕，在今年的流行歌、畢業相關樂曲的襯托之下，投射出三年級畢業生這一年來的生活剪影。從春季旅行、球賽、暑期課輔到秋天的運動會、校慶……聽著熟悉的曲子，畢業生們有的眼眶溼潤，泛起閃閃淚光，有些人指著螢幕和身旁的朋友窸窸窣窣地聊起來，回顧這一年。

當演奏和照片播放告一段落時，現場響起溫暖的掌聲，整個會場籠罩著一片溫馨的氣氛。

繼管樂社之後是戲劇社的話劇，但今年聽說為了演出戲碼傷透腦筋，原因就出在預期送舊大會上將有千晶的表演。

「戲劇社的演出隨便啦！反正早就知道大家一定會想：千晶老師趕快出場吧！」

戲劇社的新任社長這麼說。況且，新的戲劇社少了三年級學生，只得靠一、二年級學生奮鬥到底（這個狀況倒是哪個社團都一樣）。

至於這個新戲劇社的戲碼，主題正是「畢業」，由戲劇社社員自行創作的劇本。內容敘述高中女校（戲劇社也沒男社員）畢業生們笑中帶淚的心聲。

高中三年中對朋友和社團的感情、曾經稍微用功過的回憶，其他還有像是始終

交不到男朋友、長久暗戀老師、和男友處不好的女孩被其他一群女生痛罵……不少情節在女學生占多數的条東商校似曾相識，引起在場觀眾廣大共鳴。

此外，也提到未來的夢想及不安。決定留在當地找工作的人或是到外地大學繼續升學的人，面對不得不改變的未來，既期待又怕受傷害；和朋友分離時，「說不定就此各分東西」。這些是不只三年級畢業生，包括二年級、甚至一年級學生都得在不久後面臨的未來。整個會場頓時籠罩在真誠的靜謐中。

這分寧靜，在戲劇尾聲飾演校長的三年級導師——高山老師一出場就打破了。三年級畢業生瞬間轟動全場，聽說那好像是戲劇社特別設計的驚喜演出。高山是三年級導師中最受歡迎的一位，是個身材高大、長相俊俏的前明星足球選手（現在卻是會計老師）。雖然這個角色沒有台詞，只有一場頒發畢業證書的戲，依舊引起整個會場熱烈回響。

「幹得好，新戲劇社。」

我在後台看得好感動。

在熱情的掌聲與歡呼中，新戲劇社「歡送畢業生」的戲落幕了。

「太好了～～～總算順利結束！」

社員們全鬆了一口氣，新學生會的成員也給她們鼓勵。

「太精采啦！」

「高山老師超讚！」

趁著會場還是一片熱絡之際，空手道社的成員站上舞台，表演一段武術。

「希望能為三年級學長姊帶來鬥志與活力！喝！」

由十幾位社員帶來的武術表演，還在每個招式打出來時，由各個社員高喊著：

「恭喜畢業！」或「感謝學長姊的督促指導！」

「忘不了集訓之夜！還偷偷看A片！老師對不起！」

引起整個會場大爆笑。看來即使是不同社團，都有共同的回憶。

「趕快畢業離開學校吧~~~！」

這也是共同的想法。

「各位保重！接下來升學或工作都加油！」

社員們異口同聲說完後，行了一個禮，三年級畢業生報以熱烈的掌聲。

布幕垂下，「接下來休息二十分鐘」的現場廣播響起。

「差不多了……」

田代她們幾個新學生會的成員一下子緊張起來，終於等到主秀準備出場。

這時，千晶來了。

「千晶！」

田代露出鬆一口氣的表情大喊。

「嘿，大家表現得很好哦！」

千晶沒換上特別的演出服裝，身上穿的跟平常沒兩樣：黑色針織外套，裡面搭一件紅色T恤，下半身是牛仔褲（說歸說，每一件衣服看起來都滿高檔的）。

「千晶，你現在才要換衣服嗎？」

「沒啊，就穿這樣嘍！」

「咦～～～～～～～～～？」

就在田代一臉不滿地鼓著腮幫子時，千晶身後出現那群看來像職業級的幾個人。

這群氣質完全不同的人一出現，先前在舞台上的學生們也大吃一驚。接著，當那名高大外國人和一位穿著黑色蕾絲洋裝、同樣疑似外國人的美女出現後，我們的目光更是愣得發直。

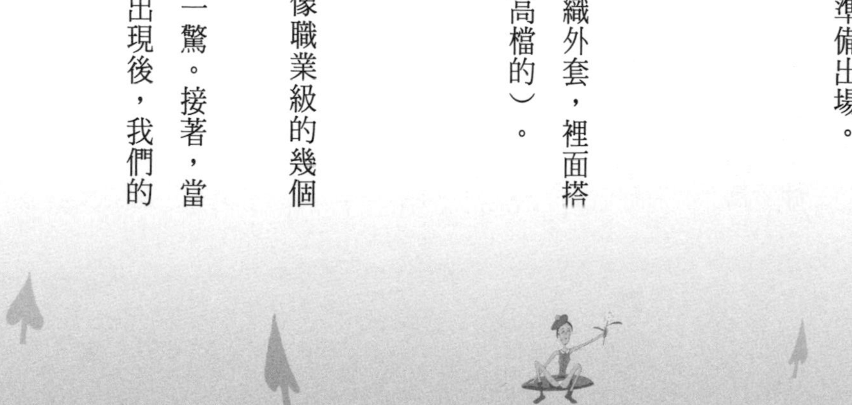

「千、千晶，這些人是……」

「我的朋友，他們來幫忙的。」

「嗨～」

高大男對女學生們頻頻示好。

「呃～……」

就連田代似乎也被千晶的「朋友」嚇到了。

高大男是有著一頭褐色長髮的外國人，身高接近兩百公分，戴著一付墨鏡，兩耳穿了好幾個耳洞，一套黑色西裝搭黃襯衫，胸前的項鍊繞了好幾圈。怎麼看都不像是一般正經人，我心想。

「這感覺像……特種營業……？」

和我打工的公司合作的客戶之中，就有一間頗高級的酒店，這個人跟出入那裡的分子感覺還滿像的……

反觀身穿黑色洋裝的美女，散發出的氣質剛好相反。她看上去像外國人，因為是混血兒嗎？外表看來很優雅、清新，很聰明的模樣。雖然舉止及服裝都很花稍，卻帶著幾分成熟。而且，她手上提的是……小提琴的琴盒？這人感覺無疑是位名媛。

「千晶……連交的朋友都這麼迷人……」

田代雙眼閃閃發光。

「上吧！」

千晶才說完，除了高大男與美女之外，一群男人帶著手上的器材立刻解散。有人把麥克風連到喇叭上，有些人則去調整電腦，還有人搬鋼琴。每個人的動作都迅速流暢，感覺非常熟練。

「這些人都是音樂或音響方面的專家嗎？」

和那群人一起討論的千晶也露出有別於平常的表情。怎麼說呢……？是跟那群男人一樣，看來「不像正經人」的臉嗎？至少那副模樣絕對不是「高中老師」的類型，完全不像。田代她們幾個只是一臉驚訝，連嘴都合不起來。

「千晶老師，準備好了嗎？」

休息時間結束後，主持人跑來問。

「可以了。」

千晶抓起麥克風，卻被高大男制止。

「等一下，千晶。」

男子叫住千晶，二話不說伸手把千晶的頭髮撥亂。
「喂，你幹嘛啦！」
「這樣才算進入『歌手模式』嘛，算是服務歌迷啦！」
「真是的。」
看到他在高大男面前賭氣的模樣，好像看到了「不修飾的千晶」，讓人會心一笑。沒錯、沒錯，這個人有時候簡直跟小孩一樣。
只見千晶將散落的劉海往上一撥，這個動作讓一群女學生又激動了起來。洋裝美女見狀，「哈哈哈」笑開懷。高大男朝著田代豎起拇指，眨了下眼示意，田代也笑容滿面地對他豎起拇指。
「接下來，是由學生會策劃的節目。」
學生會長松岡宣布後，現場開始呈現一片騷動。
「哇～感覺氣氛好詭異，好像隨時都會爆發。」
整個禮堂中瀰漫的異樣氛圍讓在後台的我直冒冷汗。
「雖然千晶老師表演的事先前對三年級學妹保密，但大家其實早就知道了。我

也覺得好緊張，心臟都快跳出來了。」

櫻庭和垣內不知何時跑來我旁邊。

「咦？田代到哪兒去了？」

「在那裡呀！」

田代站在觀眾席正中央的走道上，手上還拿著數位攝影機。

「這傢伙~難道還打算拍起來拿去賣嗎？」

啪嚓！現場燈光熄滅——哇！頓時歡聲雷動，還夾雜著口哨聲。

當布幕緩緩拉起，大螢幕上出現柔美的影像，是片片宛如櫻花的花瓣紛飛，美不勝收。

樂聲流瀉，聚光燈下出現千晶的身影，現場立刻響起尖叫般的歡呼……不過，一瞬間又靜了下來。

「哇……好美的聲音~……！」

櫻庭和垣內瞠目結舌。

音響效果完全不同，加上優美的交響樂團演奏（其實是放音樂帶）和千晶的歌聲，剎那間吞噬了在場所有人。

這是天才男高音喬許・葛洛班的〈伴我流浪〉。

「……歌劇？」

這下子連我也大感意外。〈伴我流浪〉雖然不是艱澀的古典曲目，卻是一首華麗優美的曲子，曲調宛如歌劇。千晶整個人就像歌劇聲樂家上身，唱得動聽極了。很難想像這和之前唱瑞奇・馬汀或皇帝艾維斯的是同一個人。整個會場震懾於他的正統派唱腔，就連原本在會場中想高聲尖叫炒熱氣氛的那群女生，這下子都和櫻庭一樣聽得出了神，合不攏嘴。

「啊，難不成這就是千晶的策略嗎？」

螢幕上打出義大利文歌詞的翻譯。〈伴我流浪〉原本是一首情歌，但其中「縱使此刻徬徨不定，終有一天會有答案」的歌詞，在千晶的歌聲詮釋下也深深打動了畢業生的心吧！

震撼人心的一曲結束。

「太精采了……我都起雞皮疙瘩了。」

櫻庭講得都快哭出來了，整個會場似乎也只剩下愕然和鼓掌。

「居然連這種歌也會唱，了不起啊～這副嗓音真不是蓋的。」

在我們身後的高大男和美女咯咯笑著說：

「……三年級的各位同學，你們就要畢業了。」

千晶靜靜地說：

「我才剛來到這個學校不久，對各位幾乎等於一無所知，但我很了解邁向成人的心情。對於未來的期待、不安與夢想，想必跟我高三時一模一樣。我也在期待中感到憂心，經歷過悲傷和痛苦；我想你們一定同樣面臨痛苦與悲傷……當悲傷的時候盡情難過，痛苦時也得全心投入才行喲！經歷過這些悲傷與痛苦，才能成為大人。不過，別認為自己是單打獨鬥，一定會有人伸出援手。我保證！要睜大眼睛找！」

會場一片寂靜無聲，眾人仔細聆聽著千晶的話。

千晶口中的一字一句就像有股魔法，產生令人無法置信的說服力。在這番話背後，隱約透露著千晶自己成長的心路歷程。

「還有啊，無論靠網路或手機交友都好，重點就是要在現實生活中多認識他人。我自己從高中到大學這段時間，認識了一輩子最重要的一群人，跟那票人度過寶貴的時光。我的人格大概九成都是在當時建立起來的吧！大家一起吃喝玩樂，天

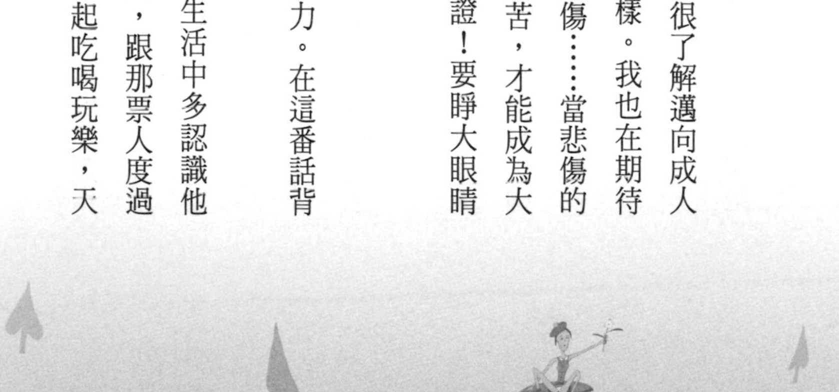

南地北地聊，到處晃蕩，留下一卡車的回憶。讀書和工作當然要努力，但既然還年輕，就算犧牲睡眠時間也要玩夠本。」

在場的人都笑了。原來千晶是這樣走過來的呀！不難想像。

「現在呢，就跟大家介紹那票鑽石死黨裡的兩個，亞瑟．史汀雷，還有美那子．維納斯。」

特別來賓一出場又造成全場沸騰。尤其這代表千晶私生活的一部分，那群女生更是興致勃勃。

高大男亞瑟．史汀雷和黑洋裝美女美那子．維納斯，兩人手牽手走到舞台中央，向台下優雅地行了一個禮。接著，史汀雷負責鋼琴，維納斯則拿起小提琴，兩人合奏了起來。

「啊，這是『秘密花園』的歌！哇！好棒！」

垣內說。

融合古典與愛爾蘭傳統音樂的樂團「秘密花園」，曲風的特色就是充滿幻想空靈又優美，旋律中帶著異國風情的溫馨。

史汀雷和維納斯演奏的是〈Hymn To Hope〉，在眾人驚訝得不發一語、陷入寂靜的會場中，美妙的樂音宛如滲透每一個角落。就像落在如鏡水面上的雨滴，緩緩向外延伸出一波波漣漪。

這時，螢幕上出現了照片，代替先前花瓣的影像。一群身穿體操服的女學生還比出勝利手勢，這是三年A班參加球賽時的團體照。

「還是一群女生在一起最棒，這段日子很開心。3—A導師林涼子」

照片上有級任導師祝福的話，三年級畢業生頓時情緒激動。

接下來是B班的照片，場景是春季旅行。

「保重，保重自己最重要。3—B導師高山美浪」

哇，B班學生響起一片歡呼。

「千晶說一切包在他身上……原來是這樣啊！」

千晶蒐集了每個班級在校外旅行、運動會時拍的團體照，再請各班的導師寫下祝福的話，經過一番編輯加工播放在大螢幕上，最後還找來會演奏的朋友以及音響專家……我忍不住輕嘆。

「這該說是企劃能力，還是執行能力呢？或許是因為有後勤支援部隊……感覺很成功啊！簡直盡善盡美……這算什麼？『千晶小組』嗎？」

「哇～三年級學姊哭了啦！」

鋼琴和小提琴的現場演奏，搭配充滿回憶的照片和導師們的祝福，怎麼可能教人不感動落淚嘛！就連櫻庭她們也忍不住受到感染哭了。

當最後一班的照片和導師的祝福影像結束後，曲調忽然變了。

第二首歌開始。啪！聚光燈一打在千晶身上，他就唱了起來，接著現場響起一波波掌聲和歡呼。曲名是〈You Raise Me Up〉，這首歌因為先前在杜林冬季奧運時，花式溜冰選手荒川在比賽中用過而變得家喻戶曉。

「真是一首好歌，讓人好感動！」

和演唱第一首歌時相同，螢幕上也出現了歌詞翻譯。

　因為有你，讓我變得堅強。

　因為有你，我變得比自己想像得更好。

先前剛接受導師給予的祝福，現場三年級學生的心中對這幾句歌詞應該更有感觸吧！

「哇！合唱！」

歌曲後半段，千晶和史汀雷的歌聲合而為一。

「太、太棒了，真不是蓋的！」

史汀雷的歌聲也完全不像外行人，音質相當渾厚。

「好、好讚～～～！起雞皮疙瘩啦～～～！」

「好性感！」

櫻庭和垣內開心地抱在一起，整個會場也頓時熱了起來。

「謝謝亞瑟．史汀雷，和美那子．維納斯！」

兩人在千晶的歡送中退到後台，台下響起波濤般的掌聲。

「辛苦了！」

「太精采啦！」

看到櫻庭她們滿臉通紅又激動地迎接，史汀雷投以飛吻回應。她們原本大概想跳起來開心尖叫，但千晶開始唱起第三首歌——平井堅的〈在思緒重疊之前〉。

也許有一天你會忘記我吧！

那時我能笑著對你揮手嗎？

也許有一天你會忘記曾有的夢想吧！

那時我能目光堅定地和你面對面嗎？

這樣的我能為你做些什麼呢？

這首歌的歌詞內容敘述離別的不安與現實。原本應該是指男女感情，但千晶卻用來引申為畢業生之間，以及和老師、家長的感情。

原先在千晶和史汀雷性感合唱下情緒鼓動的會場，這時又陷入一片寂靜。

一想到此刻內心的學生時代回憶及夢想，將來有一天可能會忘記，就讓人覺得很不捨。心中閃過這些年來的快樂、悲傷，還有老師及家人。

然而，即使是辛酸的過去，無論過了多久，回憶一定不會改變，但同時身邊也還有人陪伴，所以得打起精神……這就是大人傳達的祝福。

「千晶老師，選這些歌犯規啦～」

櫻庭和垣內也哭了。應該說整個會場，尤其女生全都哭成一團了吧？

一曲結束後，會場依舊一片靜默，只聽見啜泣聲。千晶又靜靜地開口：

「活在現實社會中會遇到很多煩惱，可能無法盡如人意，有時也不得不放棄夢想。這種時候最了解你們的，還是家人和朋友。想想在你們苦惱時，其他人也有相同的煩惱，一樣很辛苦，要知道大家都希望能幫助你們。嗯，總之還是希望大家盡量少煩惱、少難過，活得開開心心嘍！」

千晶說完，唱起最後一首歌。

光聽到前奏就讓人情緒高昂。

「惡水上的大橋（Bridge Over Troubled Water）！」

這是賽門與葛芬柯經典中的經典歌曲〈惡水上的大橋〉，現場頓時沸騰。

一九七〇年發行的專輯「惡水上的大橋」，全球熱銷超過一千萬張，賽門與葛芬柯也獲得無數獎項。

不過，兩人卻在發行了這張專輯後解散。就某個角度來看，對兩人來說這也是一首代表「離別」、「各奔東西」的作品。

歌詞的內容是鼓勵受苦的朋友，「我會助你一臂之力」，祝福好友鵬程萬里。

而和前兩首歌比起來，這首歌的旋律可說更浪漫感人。

由於這是大家耳熟能詳的歌曲，現場氣氛熱烈非凡，到了後半段更因史汀雷加入合唱而將群眾情緒拉到沸點。

兩個大男人的熱情歌聲震撼力十足，讓人再次體會到現場表演的功力，甚至整個人連站都站不穩。

「哇～～～！」

「太讚了～～～！」

櫻庭和垣內兩人邊哭邊磨蹭著對方起滿雞皮疙瘩的身體，一旁的美那子・維納斯則摟著她們倆的肩。

「千晶要是認真起來，高中生可無法招架吧？」

一雙烏溜溜的大眼睛露出促狹的笑意。櫻庭她們驚訝得瞪大眼睛。

「不過，我也好久沒聽到千晶唱歌了，真高興有這個機會。這陣子他都被妳們霸占，真教人嫉妒。」

「……妳到底是什麼人呀？」

被我這麼一問，美那子・維納斯優雅地眨了眨眼。

禮堂內震耳欲聾的歡呼和口哨聲簡直要把屋頂給掀了，不絕於耳的掌聲，就連布幕拉起後也持續不斷。「送舊大會所有演出到此結束。」學生會長松岡的宣布差點聽不見。

「哇，千晶老師～～～！」

由於平常一馬當先衝上去抱住千晶的田代此刻不在，櫻庭和垣內趕緊趁這個機會卡位。

「雞皮疙瘩起了滿身耶！」

「我都哭了～～～！」

「好啦、好啦！」

千晶輕輕拍著兩人的背，舞台上的一群人也哭著對千晶他們熱烈鼓掌。

「哎呀呀～純潔可愛的高中生真好～」

「史汀雷，你這色胚別肖想，趕快收一收走人了。」

「咦～我想再多待一下嘛！」

「千晶——！」

田代和學生會長松岡來了。

「三年級畢業生都哭得哇哇叫耶～～～！真是的，太感動了啦——！」
「太精采了，千晶老師。謝謝您讓送舊大會這麼成功圓滿。」
「要是我搞砸，害妳們被三年級畢業生怨恨就太可憐啦！」
千晶苦笑著回答。這時，神谷老大出現了。
「神谷學姊！」
舞台上的所有人頓時挺直了背，史汀雷「咻～」吹了聲口哨。
神谷學姊溼潤的雙眼微微泛紅，微笑說：
「各位的表現一百分。」
新學生會成員「哇！」地開心歡呼，田代也鬆了一口氣。
「多虧有千晶老師跟他朋友們的幫忙。」
松岡說完，神谷學姊走到千晶他們面前，深深一鞠躬，
「謝謝各位，讓我們今天留下一輩子都忘不了的回憶。」
接著神谷學姊緊緊握住千晶的手說：
「千晶老師……啊啊！就這麼畢業……真的……好不甘心哪！」
「好痛好痛好痛啦！神谷妳太用力了。」

似乎即使在送舊大會中得到一百分的滿足，和千晶別離的懊惱依舊不減。「老大」露出微笑的同時，太陽穴還爆出青筋，看得真的讓人覺得很恐怖。

抱著器材的那群男人回到台上。

「我們撤嘍！千晶。」

「好。多謝了，辛苦啦！」

「咦？這麼快就要走啦？」

田代東張西望。

「走嘍！千晶。」

「我隨後就到。」

「等你喲！」

史汀雷他們像一陣風似的離開。這種酷炫的退場方式越來越讓人感覺是職業級水準，田代她們再次看傻了眼。

「好啦，我們也要動手善後嘍，大家一起來！」

松岡拍了幾下手。我拉拉千晶的袖子，輕聲問：

「那個叫史汀雷的，感覺很有風塵味耶！該不會是什麼酒店駐唱歌手吧？比方說銀座一帶的店？」

千晶聽了立刻用手指彈了我鼻子一下。

「好痛！」

「愛問東問西的小心沒人愛哦！稻葉。『秘則為花』❸，對吧？」

千晶邊說邊走下舞台。

「你根本『秘』過頭了吧！」

瞬間，隔著布幕，傳來苦苦等候的女生們陣陣尖叫。

隔天，条東商校第五十一屆畢業生離開了母校。

又到了結束和起始的春天。

對我來說，春天的感慨特別深。搬進妖怪公寓在春天，回到妖怪公寓時也是春天，接觸到「小希」還是在春天。

「對了……爸媽過世時也是春天吧！」

条東商校的櫻花也開始陸續綻放。

「真是一場感人的典禮呢！主人。」

在制服胸前口袋裡和我一起仰望著櫻花的富爾說。

「嗯……該說是昨天的餘溫還是熱情猶存會場嗎？大家的淚腺都好發達。」

「千晶大人一行人散發出的氣勢威力十足。」

富爾雙臂交叉，一個勁的點著頭。

「哎呀呀，真是雞飛狗跳的一年呢！」

我伸個懶腰，仰望天空，櫻花另一側是晴朗無雲的萬里晴空。我對著那片天空，靜靜祈求一年後的未來。

「希望平安無事地過完三年裡的最後一年，然後如願找到工作。」

「小的也由衷一同祈禱。」

富爾又用他那一貫的誇張語氣說著。

現實之中可沒辦法像這句假仙的台詞一樣，永遠稱心如意吧！

❸譯註：這句話出自能劇演員及劇本家世阿彌的藝術評論著作《風姿花傳》，意思是藝術不需要將一切都表露無遺。

你好，小寶寶

春假開始了。

「恭喜秋音高中畢業——還有，歡送妳到下一個新的修行地點～～～！」

妖怪公寓裡辦起了秋音的「歡送會」。秋音為了取得專業看護的資格，要繼續到位於四國的看護社福學校升學。至於為什麼選擇四國，因為四國是個眾所皆知的靈場，有一間寺廟和秋音高中三年實習的月野木醫院有些淵源，秋音之後好像打算借住那所寺廟通學，換句話說，可以兼顧靈能力的修行和專業看護學習。

「其實唸哪個學校都沒什麼差，只是想趁這個機會到別的地方看看，剛好寺廟和學校距離又近，藤之老師也覺得這樣不錯，還幫我推薦。據說那間廟裡有很多靈能者留下的文獻哦！」

「是哦！」

「真期待能讀到那些文獻。還有啊，好像也有不少有關妖怪、幽靈的藏書。」

「秋音是理論派的嘛！」

「實踐固然重要，但熟知理論的話，實踐起來好像更有感覺，或者說有更深的理解。先從文獻中了解，等到實際看到時就能聯想，嗯嗯，就是這麼一回事呀！至

少不會陷入手忙腳亂。在腦子裡累積經驗後，遇到狀況時就知道這樣應該可行，也就是比較容易建立理論或步驟。」

「融合理論與實踐哪！」

舊書商點點頭。

「……原來如此。」

「我也很喜歡古人寫的妖怪書哦！看起來很無聊的妖怪描寫或是沒什麼用的幽靈知識，其實都是必備的。」

聽秋音說完，這次換詩人點頭同意，還說：

「因為光只會生活上應對的人，無法獨當一面。」

「……」

這句話莫名地深深感動了我。

「總之，兩年後拿到專業看護資格，我就回來嘍！」

「等妳喲～乾杯！」

「乾杯！」

在詩人的起頭下，畫家、佐藤先生、舊書商和公寓裡的其他大人們，一起祝福秋音的新出發。

「真可惜龍先生不在啊！秋音。」

聽舊書商這麼說，秋音笑著回答：

「他答應我會帶著伴手禮到那邊的廟裡找我哦！」

秋音說這話的同時，露出一副龍先生超級大粉絲的表情。

對秋音來說，這是在公寓裡的最後一頓晚餐，琉璃子也特別賣力展現手藝。

主菜是分量十足的牛肉，搭配奶油炒淡路產洋蔥。淋上特製酸橙醋醬汁之後，原本口味濃重的牛排吃起來也格外清新，加上鮮甜脆爽的淡路產洋蔥，真是美味無法擋。

「太高級了！」

「哇，覺得吃得好過癮哪！洋蔥太好吃～～～啦！再多都吃得下～」

秋音大口大口嚼著牛排，接著又把切成薄片的洋蔥猛往嘴裡送，同時還不忘用力扒白飯。這副豪邁無比的吃相接下來有好一段時間都看不到，琉璃子應該也會有些感傷吧！

配菜有酥炸竹筍蝦球和生魚片。剁碎的蝦肉捏成蝦球之後，用筍片像粽子一樣包起來酥炸。針魚和牛角蛤的生魚片搭配蠶豆，湯則是蛤蜊清湯。

「蝦肉好有彈性。只用鹽簡單調味，吃起來就跟高級料亭的味道一樣耶！」

「生魚片超讚！」

「跟日本酒好搭喲～」

喝酒的人另有一道下酒沙拉，切成一口大小的鮪魚和酪梨，拌上調味過的滑菇，紅配綠的賣相十分鮮豔。還有小沙丁魚乾上鋪著融化的乳酪，是用烤箱烤的一道小菜，微焦的部分好吃得不得了！

「這味道真特別，吃了還想再吃。」

「跟啤酒好搭～」

不一會兒，餐廳裡又飄散著紅燒竹蛄和鹽烤蚌殼的香味。

「這跟燒酎好搭喲～」

那些大人只要能開心暢飲，其他都無所謂，只見每個人酒一杯喝過一杯。

小菜是鰹魚滷款冬，很有春天的味道。

「這個滷菜吃起來好舒服。」

秋音「嗯～～～」低吟著，說：

「最痛苦的就是接下來得兩年都吃不到琉璃子做的菜了。結果別人說，這也是修行的一部分。」

「哈哈哈哈哈！」

「啊，夕士，上次送舊大會那場千晶老師的小型演唱會，田代是不是拍了ＤＶＤ？」

「呃……她說她拍了，好像還有照片。」

秋音立刻靠過來跟我說：

「我要！請她賣我吧，我會付錢！」

「秋音……」

沒想到秋音也會跟著其他人一窩蜂。

「千晶老師當老師之前，果真是待在音樂界的吧！」

「嗯～感覺有點像又不太像……能肯定的是他跟那個業界有淵源，因為史汀雷和美那子．維納斯看起來都不像一般人……但還是不太瞭。」

「如果他之前在音樂界，又是怎麼轉行的呢？」

「耐人尋味呀！」

「啊～啊，鷹之台如果也有像千晶老師這麼帥的老師就好了，上學一定更開心。」

「妳真不知足。鷹之台已經是這附近幾所高中公認最特別的吧？」

「確實有不少滿有個性的老師啦！好像已經成了傳統。」

「這我也聽過。校風自由，老師很有特色，畢業生中不乏世界知名的冒險家、電影導演之類吧！」

「靈峰寺家的人也是這所學校畢業。」

「哦哦，那個咒術界的名門。」

「沒錯，提到靈能力者就讓我想到……我要幫夕士找之後的訓練師啦！」

「咦？」

我停下筷子，說：

「妳還替我想到這些呀？」

「那當然。當初是我提議的呀！怎麼可以丟下就跑了呢？」秋音笑著說。

「夕士現在還是需要有訓練師在身邊啊？」

詩人一問，秋音點點頭。

「與其說訓練師，應該說負責監督。因為夕士不是累積長期修行的靈能力者，萬一在凝思狀態發生什麼意外，可能沒辦法應對。雖然應該不會有這種事，但還是慎重一點好。公寓裡已經設下結界防守，倒不用擔心會有什麼兇神惡煞攻擊，但也不能保證百分之百安全。而且就算沒有兇神惡煞，在凝思狀態下如果被隨便打擾也不好，說不定會對夕士心中造成什麼影響……」

「嗯～嗯。」

「這種事『小希』應該能防範……不過，看來好像還沒到這種功力。」

「啊，果然如此！」我搔搔頭。

「應該能盡到警告之類的功能，但感覺也不是太完善。」

「話怎麼這麼說呢？秋音大人。」

富爾突然出現在餐桌中央。

「小的等人若是發現主人身陷險境，必定盡全力加以排除！小的等人正是為此接受差遣！」

「好好好。」

我一把揪住富爾，塞回口袋裡。

「藤之老師好像會派一個人來接替我。」秋音笑著說。

「是什麼樣的人呢？或者不是人？」

「敬請期待嘍！」

看著秋音的笑容，我百感交集。在公寓裡，她和我年紀最相近，有時像個大姊姊，有時又是前輩，受她的照顧最多吧？對我這個超自然現象的大外行，她若無其事提議「開始修行吧」，接下來就進入了嚴格的魔鬼訓練，但同時詳細說明理論，讓我能放心接受指導。

「啊，對了！」

琉璃子煮的一桌超美味好菜讓我差點忘了一件事。

「多謝這段日子的照顧，秋音學姊！」

我遞出一份禮物。

「給我的？哇～真開心～」

秋音拆開包裝。

「哇！是信封和信紙耶！」

在場所有人大爆笑。好啦！我也想過「都什麼時代了」。

「果然有夕士的風格～」

「而且他沒有手機嘛，所以才想請人家寫信嗎？」

「哎呀呀！真教人有點感動。」

「不過這套信紙真漂亮～」

清爽的淺藍底色，搭配粉紅、綠、黃、紅等色系重疊的設計，似乎代表著小溪河畔的四季變化。

「因為秋音的字很美呀！」

「咦？是嗎？呵呵呵！」

「還有，這是今天缺席的長谷送的。」

「長谷也有？不用那麼客氣嘛！但我還是很高興。」

「不愧是長谷，禮數真是周到。」

長谷照例被迫擔任家庭旅行的領隊，此刻應該身在義大利的晴空下。

長谷挑的是一只布質小袋子，袋上的圖案是一個小孩和一隻狗。

「這是……」

「對，長谷也說他一眼看到就想起小圓和小白。」

「好可愛。」

「哦哦，很像很像。」

至於本尊小圓和小白，此時正在客廳睡著了。

「謝謝你，夕士，也幫我跟長谷道謝。」

「沒問題。」

這時，玄關傳來聲音。

「有人在嗎？」

「啊，來了！哪位~？」

秋音站了起來。

「咦？誰呀？」

「嗯，該不會是接手的人吧？」

大夥兒興致勃勃地望著餐廳門口。不一會兒，一個小女孩跟著秋音走了進來，大概小學二、三年級吧？身高大約只到秋音的腰部左右，留著一頭西瓜皮髮型，身上穿著一件繫著紅色蝴蝶結腰帶的深藍色和服，露出極纖細的手腳。然後，長相是……

「貓……」
瞇成一條線的小眼睛，外加鼻子到嘴巴之間的輪廓，簡直就跟貓沒兩樣。臉頰上還有短短的鬍鬚，這副長相根本讓人忍不住想摸摸她的下巴！
詩人噗哧笑了出來。
「貓女！」
「什麼呀！原來是桔梗。」
開口的是佐藤先生。
「居然一開口打招呼就說『什麼呀』。」
這個名叫「桔梗」的貓女，聲音聽起來相當穩重沉著。看樣子和佐藤先生一樣，都是「怪物一族」。眼前這位果然是「貓妖」嗎？
「啊，佐藤先生認識嘛！這位是桔梗。」
「明天起要在這裡叨擾了。」
桔梗說完，一下子嘟起嘴。我站起身行了一禮，我大概最得受她關照吧！
「我是稻葉夕士，請多多指教。」
桔梗頻頻點頭，還跟我握手。她的手長得真可愛。

「小人名叫富爾，是夕士大人的僕人，同時也身為《小希洛佐異魂》的介紹人，還望桔梗大人能多多指教……」

「好啦、好啦！」

我又揪起出現在肩頭上的富爾，再放回口袋裡。

「居然來了一個這麼小的傢伙。」

聽畫家這麼說，佐藤先生笑著回答：

「不過，這個人不該說是貓女，應該叫貓婆了。」

「咦？是嗎？」

我大吃一驚。這明明就是個可愛到快翻過去的小女孩，居然是老太婆。

「哈哈哈哈，太好啦！」

「喝不喝酒啊？貓婆，來一杯吧！」

「迎新會，迎新會！」

桔梗和秋音互看一眼。

「這些人真會裝熟。」

聽桔梗這麼說，秋音開心到兩隻眼睛瞇成一條線，也說：

「來吧！請進，大小姐。」

舊書商一把抱起桔梗，讓她坐在椅子上。怎麼看都只像個小學生的桔梗，拿起酒杯咕嚕咕嚕一口喝乾的模樣真是詭異。

「好呀～～真豪爽！」

一看到有個新酒伴加入，這些不良大人高興得不得了。不管是第一次見面，或者對方是不是人類，這些都不重要。只要有好酒好菜、熱熱鬧鬧地吃喝，再也沒什麼好囉唆，果然是「妖怪公寓」的風格。

那天晚上，在我和秋音各自回到房間後，餐廳的迎新會依舊鬧烘烘地鬧到很晚，桔梗已經完全和大夥兒打成一片。

隔天早上，等我完成清晨的修行後，秋音才離開妖怪公寓。

「由衷地靜候您早日歸來，秋音大人！」

富爾在我的肩上揮著手，秋音也活力十足地向他揮揮手。我目送著她離去，直到再也看不見她的身影。

秋音說過，她在月野木醫院工作的同時，希望可以對人類和妖怪兩方都有貢獻，所以才想取得專業看護的資格。

秋音一出生就擁有很強的靈能力，能夠輕鬆接觸人類以外的世界。她一直希望能找到一份工作，不僅能發揮她的天賦，也不浪費她難得的成長環境。

「我也曾夢想和龍先生一樣，當個靈能力的自由工作者。」

先不管職業的特殊性，她也和一般女孩子一樣有過一段愛做夢的時期，也曾經過一番摸索。

直到在月野木醫院實習後，她的想法才有了改變。

「在月野木醫院工作後，真希望可以一直跟人類和妖怪接觸。以往我只是一味想著要提高靈能力，藉此幫助那些被惡靈附身的人，但現在的想法不只這樣，似乎是……更直接接觸人類和怪物……類似一種活生生互動……的感覺。」

秋音說著這番話的時候，呈現堅強、美麗、溫柔的女性特有的神情。和她第一次見面時也有這種印象，但此時她臉上的表情顯得更成熟，更有內涵。

「不知不變中……逐漸改變的……」

我一邊玩味著她的話，一邊想，兩年後當秋音回來時，我是不是可以不需要桔梗幫忙，獨自冥想也沒問題了呢？希望能變成那樣。

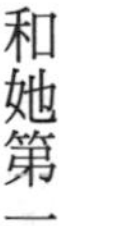

春天的和煦陽光落在妖怪公寓的前院，宛如棉絮的東西輕輕地飄散在空中，一根根白毛在春日下映射出閃閃銀光。

接下來，就是春假了。

話雖如此，我每天依舊在完成早上的修行後，帶著琉璃子做的便當出門打工，直到晚上八點才回到公寓裡。打工只休一天假。

大概十天之後，長谷就會結束旅行回來，還說什麼這次只能來公寓住個三天左右（住上三天也夠多了吧！），不過又計畫了兩人騎車遠征。

「那傢伙好像發現了什麼秘密景點，再請琉璃子做個特製便當吧～」

我打工時，天馬行空地悠哉亂想著。

秋音離開的那個晚上，我結束打工回去時，看到來玄關迎接我的華子，另一側則是牽著小圓的桔梗。桔梗比小圓高一點，兩人纖細瘦小的手牽在一起，就像一對小姊弟，可愛到讓我忍不住笑出來。

「你回來啦！有什麼好笑的？」

「沒什麼……只覺得桔梗看起來一點都不像貓婆。」

桔梗哼哼兩聲，嗤之以鼻。

「跟不入山神社的裡明大神比起來，老身只不過是個小丫頭。」

「我聽過傳說中的裡明大神！印象中好像是個一千歲的貓又❹吧？好像還愛喝什麼熊殺能量補充劑。」

桔梗聽了哈哈大笑。

餐廳裡還有詩人、畫家和麻里子。

「你回來啦～」

「我們先吃嘍！」

「好！」

桔梗就像先前秋音經常做的，幫我拿了飯菜來。

「今天的菜色有春季蔬菜天婦羅、豆皮海膽羹、半烤鰹魚沙拉。主食是櫻蝦蠶豆菜飯。」

「謝謝！哇，菜飯耶！看起來顏色好漂亮。」

❹譯註：日本傳說中的生物，由上了年紀的貓變化而成，通常具有超能力。

「櫻蝦的粉紅色搭配蠶豆的綠色，好有春天的感覺。」

麻里子好像已經喝得差不多了，恍惚的眼神中更添風韻。

「鰹魚也正是當季。」

「差不多到了吃鰹魚生魚片的季節了。」

畫家一說完，在廚房裡的琉璃子用纖細的手指比出個「ＯＫ」的手勢。

「哦哦～真期待。生魚片不錯，但茶泡飯也是一絕呀……」

嘴裡吃著超級美食，腦子裡一面想著其他的超級美食，簡直幸福到極點。在我身邊的桔梗正餵小圓吃著豆皮，那副模樣又讓人忍不住微笑，所有人都露出笑容。

「呵呵呵，桔梗雖然個子小小的，卻像個媽媽呢！」

「因為當初小茜大姊一再拜託過我，要到壽莊的話，麻煩多照顧一下這孩子。小茜大姊想必很疼愛他吧！恨不得自己帶在身邊。」

因為兩人看起來都很小，表面上像扮家家酒似的，但桔梗果然還是有些「歷經風霜」的特殊氣質。看她餵著小圓吃東西、幫他擦拭嘴角的模樣，和我跟長谷做起同樣動作時的感覺完全不同，這就是所謂的「經驗老到」吧！

我滿心溫暖地看著他們，但同樣直盯著兩人的麻里子，眼中卻突然落下大顆大

顆的淚水，接著卻又趕緊擦去眼淚，露出苦笑說：

「哎呀！討厭，我是醉了嗎？」

就算真是喝醉，麻里子難道有落淚的「真正」理由嗎？頓時我心頭一驚。

隔天早上，我一到瀑布區，看到桔梗已經端坐在岩石上。

「早啊！請多指教。」

「早安，你還真的爬得起來啊！」

「嗯，已經習慣了。」

不過，身旁的秋音已經不在了。我在承受瀑布衝擊時，心中多了幾分感慨，想起最初開始修行是一年前的春假。

「時間就這樣，一年、一年過去了。」

我一如往常唸誦著「神咒」，但感覺和昨天之前完全不同。事情就在轉變與不變的螺旋糾纏之間，持續邁向未來。

就這樣，我的生活有了一些改變，新的一年就此展開。

在桔梗的監督下進行晨間水行，然後去打工，回來公寓後和大人們一起吃晚飯、聊天，公布秋音離開後沒多久就捎來的信。

就在春假過了一星期之後——

結束兩小時的晨間水行，泡過溫泉、吃完早飯後，我回到了自己的房間。結果，剛才不見蹤影的小圓和小白一下子突然出現在我的墊被上。

「哦？你們倆要來這裡睡呀？」

小圓跑到我房間來也沒什麼奇怪，因為他本來就到處跑來跑去，一下子又消失無蹤，不時進出我房間睡覺，有時候一直在我身邊，然後又兩、三天不知去向。

「好嘍！我也要躺一下，聽聽音樂……」

就在我和小圓並肩坐在墊被上時，卻看見被子裡有個圓圓的青色東西。

「嗯？這是什麼？」

拿出來一看，是個有點扁橢圓形，卻呈現漂亮青色的石頭。

「……咦？這好像是……」

腦海中浮現麻里子的臉。

「對了，是不是麻里子說她受託照顧的，什麼東西的……蛋？」

我看看那顆蛋，又看看小圓，額頭不禁滲出一顆顆汗水。

「什麼？咦？小圓，這是你拿來的嗎？這樣不太好吧！為什麼要拿來這裡？趕快放回去，弄破可就慘了……」

喀！——我手上的蛋發出不祥的聲音。

「哇！」

我想都不想就直接把蛋放回被子上。只見蛋殼上出現一道明顯的直直裂痕，然後在喀滋喀滋的聲響下，縫隙越來越大。

「咦？什麼？怎麼回事？」

「哦哦，好像正在孵化哦！」

富爾出現在書桌上的「小希」上。

「啊？孵化？怎、怎麼會……」

「因為那是蛋啊！主人。經過一段時間就會孵化。」

富爾誇張地聳聳肩。

「我、我的意思不是那樣，是問怎麼會在這裡孵化啦！」

我忽然想到電影「龍騎士」❺的一幕。

「……『龍騎士』……難道這是『龍騎士』嗎？」

龍的蛋會在被龍選上的龍騎士身旁孵化，龍騎士就能差遣那隻龍。

「咦？難不成我又『被選上了』？」

一時之間，我好像覺得又開心又擔心，一片空白的腦袋角落一下子想著自己騎在龍上的樣子，接著又覺得怎麼會想到龍，思緒一瞬間停擺……這時——

啪滋，蛋殼破了。

裡面的小東西探頭望著我。

圓圓的可愛眼睛剛好和我的目光對個正著。

「……這是什麼呀？」

這個呢，用一句話來形容，就是「三十公分左右的膚色蝌蚪」。牠身上無毛，光溜溜的，雖然外型像蝌蚪，卻長了一隻細~細小小的人類手臂。

「哇啊，即使是妖魔，在嬰兒時期倒也頗可愛的呢！」

「這可愛嗎啊啊啊啊？」

我直覺反駁富爾。沒錯，那雙柴犬似的烏溜溜圓眼睛很可愛，小得不能再小的嘴也很可愛，但……

「真……真噁心……」

這是觀感的問題，看起來真的太不協調了！蝌蚪身上幹嘛長出人類的手？而且，為什麼只有一隻?!

「富、富爾，這會是……龍的幼兒……之類的嗎？」

富爾露出「啥？」的表情。

「龍在出生的瞬間就已經出現龍的外型了。」

「那，這是什麼？」

「不知道啊！成長期間會改變形態的妖魔太多了，無法一一得知。但看來顯然是個生物幼體……是蛙怪嗎？」

「你連猜都沒猜嘛！」

膚色蝌蚪伸出細細的小手，揪住我的衣服。

❺譯註：《龍騎士》是美國年輕作家克里斯多夫．鮑里尼於二〇〇二年出版的第一部奇幻小說，並改編成動畫和電影。寫這本書時，他只有十五歲呢！

「哇！」

我下意識甩開，那隻手居然還會伸縮！

膚色蝌蚪緊緊抓住我的衣服，緊挨著我的身體。

富爾看了，說：

「完成『印入記憶』了。」

咦……？

「啊啊啊啊啊！完蛋了呀呀～～～！」

拖油瓶

「麻里子、麻里子～～～！」

麻里子正在客廳裡和詩人、桔梗喝著茶。

「怎麼啦？夕士，慌慌張張的……」

「這……這個！」

我指著膚色小蝌蚪。

「哇哈哈哈！什麼東西呀？最新流行的飾品嗎？」

詩人看著吊在我胸口的東西，大笑著問。

麻里子當場愣住，說：

「……生出來啦？」

「啊，上次那顆蛋！」

「就是呀！那顆蛋跑到我房間裡……好像是小圓拿來的。然後我說要放回去時，蛋殼就突然裂開，在我嚇得還沒回過神時，就跟這小傢伙對望了起來。」

「印入記憶呀！簡直就跟『龍騎士』一模一樣嘛，夕士♪」

「完全不是這麼一回事呀！而且這根本不是龍！」

「小幼體好可愛。」

「很可愛嗎啊啊啊？」

詩人和貓怪喝著飯後的茶，一派輕鬆悠閒。

「麻里子，這傢伙甩都甩不掉呀！」

我揪起膚色小蝌蚪想甩掉，但小傢伙的手臂只會越拉越長，手掌還是緊拉著我衣服不放。

「啊哈哈哈哈，笑死我了啦！」

詩人再次大爆笑。

麻里子輕輕嘆口氣說：

「當然甩不掉呀！因為夕士已經是媽媽了。」

「啥～～～？」

「我看大概一個禮拜都離不開吧。」

「一個禮拜？」

差不多已經要開學了……不對、不對，在那之前還有更大的問題。

「麻里子，我不能黏著這傢伙去打工呀！」

「就說是裝飾品吧！」詩人邊說邊笑到翻過去。
「你……笑得太誇張了！」
「緊貼在身體上就好了嘛！」
「什麼？」
麻里子很詭異地面無表情地回答。
「就緊緊貼在肚子上啊！這小傢伙會乖乖的，這種東西就是緊貼在媽媽身上行動的。」
「哦……是這樣嗎？」
什麼叫做「是這樣嗎？」喂！我居然這樣就乖乖接受了嗎？
麻里子抓起膚色小蝌蚪，掀起我的襯衫，把小傢伙貼在我的肚子上，結果小蝌蚪立刻鬆開抓著衣服的手，在我肚子上動來動去，但一下子就安靜下來，跟長印魚❻沒兩樣。
「你看吧！」
麻里子微微一笑，露出和平常不太一樣的表情。
「既然小傢伙鬆手了，就請妳領回去吧！麻里子。」

「這可不行。突然跟媽媽分開的話，會讓小傢伙有很大的壓力，還可能因為這樣而死掉。」

「我，我又不是媽媽～～～」

「不不不，你越來越像媽媽嘍，夕士！」

詩人笑得更誇張。

「當小圓的媽媽就很稱職呀！」

「我不是媽媽啦！」

「真期待看到爸爸的反應～～～！」

「爸爸……啊啊啊～～～氣死了！」

看著捧腹爆笑的詩人，我已經連反駁的力氣都沒有了。

長谷還有三天才回來。難道到時候我得肚子上黏個小寶寶，然後一手牽著小圓嗎？……拿什麼臉去見他呀！

「那當然是拿出做媽的態度就行了嘛！老公，你回來啦。你出門這幾天，我又

❻譯註：這種魚類因為游泳能力較弱，所以第一背鰭特化成吸盤，可以吸附在大型鯊魚、海龜身上。

生了一個喲！哇哈哈哈哈！」

「我說真的，拜託饒了我吧！一色先生。真的啦，求你！」

「該餵這小傢伙吃什麼呢？」

桔梗對我的事漠不關心，冷靜地問道。

「黏在夕士身上時就靠吸收夕士的精氣，所以夕士，你要比平常吃得更多喲！」

「啊～～～？」

「其他就像小圓在吃的糖，或是蠑螈、芭蕉之類搗碎的泥。」

「嗯嗯，都是些靈氣高的東西嘛！」

「我去工作嘍！夕士。我會請琉璃子幫你的便當多加點分量。」

麻里子說完後，就走出了客廳。

「去找藥商來好了。」

桔梗說完也走了出去。

客廳裡只剩下我和繼續笑倒的詩人。我當場愣了好一會兒，等到回過神來才發現小圓和小白來到身邊，小圓掀開我的上衣，好奇地看著膚色小蝌蚪。

「小圓，有了弟弟覺得很開心吧？」

詩人已經笑到飆淚，還邊笑邊擦眼淚。

「別再整我了，一色先生，真的啦！」

「得取個名字才好。既然像個小圓球的小蝌蚪，就叫小球吧！真可愛～」

「麻煩別這樣亂編故事啦！我的頭好像開始暈了起來。咦？是貧血嗎？還是驚嚇過度？」

「不就是產後憂鬱症嗎？」

「我又沒懷孕！」

就在我和詩人你一言我一語時，仔細盯著小球的小圓，把手上的糖輕輕拿到小球嘴邊，小球立刻津津有味地舔了起來。詩人那張塗鴉似的臉頓時顯露光彩。

「真是令人動容的兄弟之愛啊～～～！我也深受感動呀——媽媽——！」

「我不跟你攪和了啦，打工去！」

那天打工下來，真是有史以來累到最高點。就算是妖怪，但一想到自己「抱著個小嬰兒」，搬起貨來也變得神經兮兮，要不然就是肚子上有東西動來動去，搞得

我腰痠背痛。此外，我還常感到頭暈，應該就是麻里子說的被小球吸收精氣的關係吧！

「哦？今天的便當看來更豪華耶！夕士，有什麼值得慶祝的嗎？」

被幾個正式員工大叔一挖苦，我立刻繃起臉。

味噌口味的豬肉炒竹筍，包在萵苣葉裡做成的生菜捲（可以直接用手抓著吃）、海苔雞肉捲、鴻喜菇加蠔姑的油炸米丸子、酥炸毛豆泥鑲蓮藕（口感脆爽）、加了乳酪和黃瓜的迷你竹輪、布丁外型的一口蛋豆腐、豆腐渣沙拉，外加五個比平常更大號的飯糰，甜點則是漂亮的關東風櫻花麻糬（當然是麻里子親手做的）。我雖然心想「分量比平常多耶」，但還是一口一口吃得精光。

走進廁所掀開上衣，看到小球好端端地貼在我的肚子上，睡得安穩香甜。

「哎呀呀，盡情地吃，安穩地睡，真可愛哪！」

停在我肩膀上的富爾說道。

「唉！我承認那個眼睛跟嘴角還滿可愛的啦！可是，富爾啊，小圓為什麼要把蛋拿到我房間呢？」

「……會不會只是單純想拿去而已呢？」

「咦？就這樣？」

「這麼說或許有些不夠厚道，不過，小的不認為小圓大人有所謂的思想呀！」

「嗯，也是啦……」

「事實上，看來那個蛋似乎是在主人您的靈力影響下才開始孵化，但這應該不是小圓大人的本意吧！一定是這樣。」

晚上回到公寓時，詩人、畫家、舊書商還有佐藤先生，這些不良大人們全擺好陣仗等著我。

「你回來啦，媽媽～～～！」

「讓我們看看小球，媽媽～～～！」

「辛苦工作的媽媽，萬歲！」

……完全沒力氣回嘴。這群大人們根本是想著「拿這個話題來下酒吧」，最好的證明就是所有人都一手拿著酒杯笑到翻過去。對筋疲力竭的我來說，吐嘈不如先吃飯。

「請藥商拿蠑螈和芭蕉來了。」

桔梗坐在我旁邊，把小球放在腿上（小球的手還是緊抓著我的肚子），搗碎了

蠑螈和芭蕉餵他吃了。小球眨著烏溜溜的眼睛，一口一口吃著。小圓側著頭在一旁觀看，舊書商、畫家、詩人和佐藤先生也好奇地窺探。

「小球真可愛。」

「是嗎？至少要長點毛才能看吧！」

「應該沒多久就會長出來吧，就跟小老鼠一樣。」

「這個到底是什麼東西的幼體啊？麻里子。」

麻里子喝著啤酒，看著一桌人鬧烘烘地七嘴八舌。

「我也不知道。園長只託給我，然後跟我說了照顧的方法，照理說親生媽媽差不多該來接了……好像提早孵化了吧！」

麻里子說話的語氣和平常有些不同，感覺這陣子她好像沒什麼精神。可能是太累了，照顧二十四胞胎很傷神吧！

「哇，手放開了。」

「好像心情放輕鬆了。」

舊書商伸手抱起小球。舊書商的靈力比我高出不知道多少，小球應該很開心吧！

「嗯～嗯……怎麼說呢？有種很難形容的觸感……雞皮嗎？」

「烤起來說不定挺好吃的。」

「你在胡說什麼呀！明先生。」

「啊，皺起眉頭了，搞不好小傢伙聽得懂深瀨說的話哦～」

小球「哇～」地哭了起來。

「哎呀呀呀！不哭不哭，還是媽媽好，是嗎？」

舊書商把小球交給我，小球居然立刻止住哭聲，人人們又「哦哦～」小題大作地驚呼連連。

「小球覺得還是媽媽好耶。媽媽！」

「可以麻煩不要開口閉口叫媽媽好嗎？」

我嘴上雖然這麼說，但接過小球時，小球一把揪住我的衣服，一瞬間我的心頭也跟著緊了一下。這是怎麼回事？難道是所謂的母性……不，父性的本能嗎？真是太危險了。唉！算了，如果被說是父性的本能就罷了。

「不行了。累得要命，腦子又混亂，今天要早點睡。」

我早早離開餐廳。

「晚安，媽媽～」
「可別睡到半夜翻身，壓到小寶寶哦！」
「對了，麻里子．這小傢伙可以泡澡嗎？」
麻里子只是笑著點點頭。
小圓也跟過來，結果小圓和小球都洗了澡。小圓似乎對小球很感興趣，小球有點怕熱水，就乖乖地讓坐在浴缸旁邊的小圓抱著。小圓對著小球的身體又揉又捏又拉的，但小球都逆來順受，不當一回事。那模樣看來非常可笑。
「沒辦法了，只好照顧到正牌媽媽出現吧！」
我拿起溼毛巾擦擦小球的身體，小傢伙似乎覺得很舒服，眼睛瞇成一條線，小嘴還「呼——」地嘆口氣。
隔天早上，晨間水行時身上也掛著拖油瓶。真是累人。
「睡得好嗎？」
「說起這個……桔梗，這小鬼好像是夜行性，一進到被窩裡就動來動去不安分。」

「哦，夜行性啊！這倒有可能。」

「原本我不知道該怎麼辦才好，還好有小圓幫我照顧。」

「哦？」

小圓抱著我身邊不停動來動去的小球，還把自己的糖果給小球舔，於是一整晚都是小圓和小白在照顧小球。等到我早上醒來時，看見小白抱著小圓和小球睡著了。只是當我開始起身準備後，小球又立刻醒來把手伸向我。

「真可愛。」

桔梗原本就已經很小的眼睛瞇得更細了。

在我接受瀑布衝擊時，小球就讓桔梗抱著餵食早餐。

這一天，我照舊帶著小球去打工，但陸續進來的大型貨物讓人吃不消。我不敢讓貨碰到肚子，同時處理貨物時又不敢太輕率，耗費不少精神與力氣。結果，就在雙手承受貨物重量的瞬間，聽到手臂的肌腱傳來「噗嘰」一聲。

「我……休息一下！」

「好！」

我鬆手放開貨物，同一時間腳居然被地上一個莫名其妙的小坑絆到，整個人往

前傾。這時，我趕緊護住腹部，卻又不小心扭傷了腳。

「痛死啦！」

我當場蹲在地上起不來。

「怎麼了，夕士？」

替我檢查右腳狀況的島津姊這麼說：

「扭傷了，去看醫生吧！」

「走，我帶你去。」

開口的是劍崎社長。

「不、不用了，不用麻煩社長，我自己去就行了。」

「上班時間受傷是職業災害，讓公司來處理是天經地義的呀！」

社長拍拍胸脯。於是我搭了社長的車到醫院，接受治療。醫生說是輕微扭傷，三、四天之內就能康復。之後，社長還送我回到公寓附近。

「安心靜養才會好得快，夕士，等完全康復之後再來打工。」

「好的，謝謝您。」

社長豎起大拇指。

有時候我認真考慮，乾脆休學來這個社長底下當個正式員工好了。劍崎社長人很和善，又講義氣，而且相當值得信任。我想自己說不定會在其他公司當個上班族，然後趁假日繼續到這家劍崎運輸打工。

「咦？怎麼啦？今天這麼早就回來？」

出來玄關迎接我的是桔梗。

「腳扭傷了，打工也暫時休息。」

還沒吃中飯的我，在客廳裡打開帶回來的琉璃子特製便當。

「聽說你為了保護肚子上的小嬰兒扭傷了腳？夕士，不愧是好媽媽。」

詩人笑著出現。

「好媽媽這三個字是多餘的啦！一色先生。啊，不要偷吃，這是我的便當耶！」

「好吃——帶便當真好。」

很久沒像這樣悠閒地享受妖怪公寓的午後時光了。滿樹櫻花花瓣隨風飄散飛舞，庭院裡鋪上一層粉櫻色地毯。

小圓走過來，臉上的表情像在問：「小球呢？」

「在睡覺。」

我掀起上衣讓他看，他好像能理解。

賞花的同時，一面吃著琉璃子用鐵板烤的迷你鬆餅。

「桔梗也喝咖啡？」

「妖怪也喜歡咖啡和蛋糕啊！」

桔梗津津有味地大口吃著塗滿鮮奶油的鬆餅。這倒是，幽靈也吃蛋糕嘛！我邊想邊幫小圓擦擦他那張被巧克力奶油弄得黑抹抹的臉。

「你啊，可以看見很多東西，很幸福呢！」

桔梗瞇著眼睛對我說。

「嗯，我也這麼覺得。」

「不過，這也是因為你的腦袋本來就長成這種構造吧！」

「……」

「有些人就算周圍有很多東西，還是完全視而不見。」

在桔梗細細的眼睛深處，金色的眼球閃閃發光，對我說：

「那些人腦袋裡的皺摺不夠呀！你也是，趁你現在還年輕，得多增加腦袋裡的

皺摺才行。」

桔梗的話聽來語重心長，就跟詩人平常說的差不多。

我默不作聲地點點頭。

傍晚回來的畫家帶著一截粗樹枝。

「黎明傳了簡訊給我，說你腳扭傷。」

畫家邊說邊拿起刀子，迅速削著樹枝，不一會兒就做成一根枴杖。

「哇，剛剛好！明先生，一色先生，謝謝你們。」

「你都抱著小寶寶，要是摔倒就慘啦！」

「……」

不想花力氣吐嘈，太累了。

隔天的晨間水行暫停一次。

早上五點準時醒來，接下來可以享受睽違已久的回籠覺。

小球今天早上也和小圓一起躺在小白懷裡。天空隱隱出現亮光，在昏暗的房間裡射進透明的金色光芒，小傢伙們在那道光芒裡靜靜呼吸，睡得香甜。

我忍不住伸出手，摸摸小白和小圓的頭，還有小球的身體（頭埋在小白一身毛裡）。小白睜開眼睛，但在我輕輕拍了幾下後又瞇起眼睛。

頓時一股超過「可愛」，比較像「疼愛」的情緒湧現，但覺得好難為情，不敢告訴任何人。這時我了解了，長谷會抱著小圓猛磨蹭他的臉，原來就是這種感覺。

「反正如果是田代，一定會大喊『好萌～』吧！」

想著想著，我就笑了起來。為了不吵醒小球，我還刻意忍住笑聲。

多了意想不到的一整天。

「對了，一直沒好好看書呢！」

第三學期從頭忙到尾，假日又全安排了打工，積了好多還沒看的書。

「今天就當作閱讀日吧！」

吃完早飯，我立刻窩在房間裡看書。克里斯多夫．裴斯特的《頂尖對決》這部作品也改編拍成了電影，雖然是魔術師的故事，但其中加入很多奇幻內容。我讀到詩人來叫我「吃午飯嘍」還欲罷不能，一頭埋進鉛字堆裡，決定晚一點再吃午飯，先把書一口氣讀完。

「呼～～～……」

真的好久沒專心看那麼多字，眼睛好痠，感覺好像用到大腦各個部位。腦中塞滿了鉛字和故事場景，雖然很累，但那種疲勞卻有種說不出的暢快。過了正餐時間的午飯，帶給疲憊的身體滿滿能量。

「琉璃子，這個竹筍丸子……真的超好吃，好吃到不行！」

竹筍磨泥，裹著蝦和干貝做成丸子蒸熟，然後淋上海帶芽羹湯，上方還加了海膽。包著牛腿肉的高麗菜捲要沾白味噌醬一起吃。好順口的味道，不管添幾碗白飯都能吃光光。

「哈哈哈，夕士，你的臉好像蒸年糕哦！」

被詩人嘲笑了。

「好像很久沒有體會到這種那麼奢華的感覺……就是很富足的心情。腦袋裡充滿著一閃一閃的亮光，好像整理不完想再另找一個空房間似的。」

我一面大口嚼著菜，一面說著。詩人聽了「呵呵呵」大笑。

「你應該多留一點這種時間呀！」

聽到這句話讓我愣了一下，聯想到昨天桔梗說的話。

「趁你現在還年輕，得多增加腦袋裡的皺摺才行。」

「……」

我回到房間，看著高達天花板的書櫃，櫃子上有些是原本就在這裡的書，有些是長谷給的，還有我從舊書攤找到的。升上高中之後開始打工，接觸很多人和「非人」……發現自己沒像以前那麼專心閱讀了。這算好事嗎？我自認為是好的。中學時我之所以埋頭讀書，是因為除此之外也沒別的事做，閱讀成了我唯一的慰藉。讀書固然開心，但現在多了其他有趣的事……

叩叩，傳來敲門聲。

「夕士。」

「啊！麻里子。」

「方便嗎？」

「哦，請進。」

我連忙把鋪著沒收的墊被摺起來。

「小球呢？」

我拿出上衣裡的小球。小球眨了幾下眼睛後，又開始打起瞌睡。

「就是這樣子，白天都在睡覺，這小鬼是夜行性的吧！不過，多虧有小圓和小白照顧，小圓搞不好真的把小傢伙當作自己弟弟，啊，說不定是妹妹。」

我笑了。但麻里子只露出淺淺的微笑。

「小球的媽媽今晚會來接走孩子。」

「哦，真的嗎？」

「親生媽媽來的話，小球也會放開夕士的，別擔心。」

「太好了！」

明天早上長谷就要來了，這下子不必被他看見我身上有個拖油瓶的模樣。謝天謝地。

「小球～媽媽要來嘍！太好了～」

我對著在懷裡睡著的小球說。

「還是親生媽媽最好啊！」

我不經意地說著，看看麻里子，只見她睜大眼睛凝視小球，眼中掀起一波波漣漪。

「……麻里子？」

麻里子緩緩轉過頭看著我，臉上罩了一層從未見過的陰鬱。沒想到永遠保持開朗活力、個性就像個大叔的麻里子會露出這種表情。

「麻里子……？」

「……我果然真的那麼沒用嗎……？」

她的聲音聽來很痛苦。

「沒、沒用是指……？」

「果然……我沒辦法當個媽媽，我沒資格為人母親嗎？」

她低下頭，淚水爬滿臉頰。我一下子非常驚慌。

「沒、沒這回事！為什麼會這麼想……？」

「因為、因為小圓也一樣呀！為什麼只黏著長谷和你呢？我在這裡已經照顧了小圓好幾年，為什麼他卻……？」

「……」

「這次……這次本來應該是我扮演媽媽的角色，當初交代我照顧這顆蛋時，我好開心，園長還告訴我，萬一蛋提早孵化，我就先暫代媽媽的職務……我聽了不知道有多高興！最後為什麼都不是我?!」

麻里子說著說著，「哇——」一聲大哭起來。

我腦袋頓時一片空白，不曉得該怎麼辦才好。沒想到麻里子竟然也在乎這些事。

（啊，所以最近她才老是無精打采的？）

就算這樣，我到底又能怎麼做呢？面對眼前哇哇大哭的麻里子，我連開口安慰都沒辦法，整個人愣在原地。

小球醒了，直直盯著麻里子。

不知道什麼時候跑到房裡的小圓，也是一臉詫異地看著麻里子。

直到過了好一會兒，小圓才輕輕拍著麻里子的頭。他坐在麻里子旁邊，一隻小小的手放在她腿上。

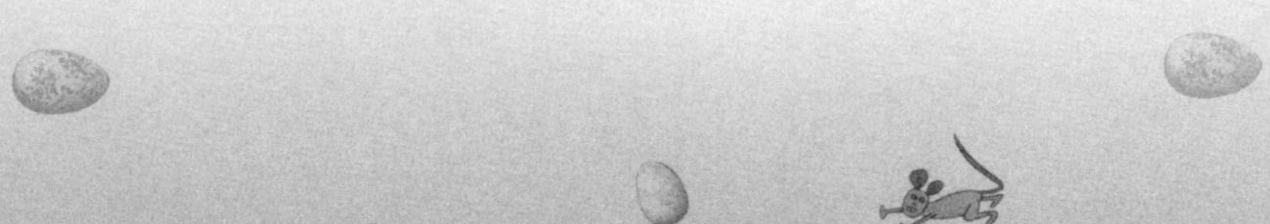

不知
愛為何物

午後的陽光透過彩繪玻璃，灑滿整個房間。

窗邊停了三隻琉璃色的小鳥看著我。

寂靜無聲的妖怪公寓，甚至像聽得見櫻花散落的聲音。

如同孩子一般蜷著身體哭個不停的麻里子，這時也總算冷靜了一些。

「不要緊吧？」

我靜靜地問她，遞上面紙。

「……嗯。抱歉，突然哭了起來。」

麻里子抬起頭，露出苦笑。即使一張臉哭得紅腫，她依舊那麼漂亮。

麻里子看到小圓把手放在她腿上，喉頭又一陣哽咽，好像快哭了。她一把抱起小圓，滿是愛憐，真的疼到入心似的蹭著小圓的臉，又親又抱，那副模樣讓人看了一陣鼻酸。

麻里子抱緊小圓，邊哄著他邊問：

「夕士，你有喜歡的女孩子嗎？」

「……很可惜，目前沒有。」

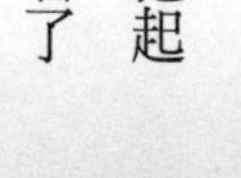

「這樣啊……」

「……」

「我呢……我也是，沒有喜歡的人……就在像你這樣的年紀時……應該說……我根本不知道什麼叫做『喜歡』。」

看得出來麻里子一雙大眼正望著遙遠的過去。

她生前的那段歲月。

詩人之前曾說過，麻里子以前是個富家千金，而且還是個「很會玩的人」。

「我爸爸是個炒地皮的暴發戶，雖然出身環境不太好，卻很會做生意，剛好又搭上景氣蒸蒸日上的便車，一下子就成了大富翁。我媽媽呢，講白了只是為了錢結婚，而不是看上我爸爸。不過他們倆都不是壞人，我也很愛我的爸爸、媽媽。只不過……」

只不過「他們都沒什麼教養」，麻里子這麼說。她的語氣中帶著深深的遺憾。

「我說他們沒有教養並不是輕視或嘲笑，我自己到現在也沒什麼教養。爸爸、媽媽雖然沒學問，在社會上卻也很傑出、獨當一面。爸爸能洞悉時勢潮流，一舉致富；媽媽也很健談外向，結交很多朋友，我覺得這樣也很好。爸爸、媽媽對於自己沒有學問也不以為意，爸爸常驕傲地說，沒有學問一樣可以過這麼好的生活。所以……他們也沒對我說過要好好唸書……一次都沒有。」

身為獨生富家女，麻里子打從懂事起就很了解「奢華」的感覺，成長環境中也能讓她盡情揮霍，凡事都能隨心所欲，要什麼有什麼，不虞匱乏。

「從小學、中學到高中……印象中，我從來沒有用功讀過書，成績永遠都是倒數，不過，就算老師怎麼說我我也無所謂。對吧？因為我從小到大凡事都能順自己的心意，即使書唸不好也無妨。」

校方當然會請父母到校懇談，但麻里子的父母對她的在校成績漠不關心。其實他們對女兒的一切根本毫不在意。

「因為他們自己也很忙，根本沒時間多管我，我也樂得輕鬆，整天忙著玩樂，曾經有過好幾天沒見到爸爸、媽媽。偶爾在家裡看到爸爸時，說的話卻是：『好久不見——給我零用錢，爸爸——』然後爸爸的回答也是：『好啊、好啊，要多少？拿個十萬夠不夠？』媽媽也一樣。我聽了很高興啊，好愛爸爸、媽媽……」

作風海派的麻里子，周圍自然經常有一大群人簇擁。

人長得漂亮、身材好，外加家裡有錢，出手又大方，正因為麻里子這樣的特質，簇擁在她身邊的全都是些「不正經」的分子。菸、酒、賭博、毒品，當然還有性，全都是那些奉承她的傢伙教壞當時還只是孩子的麻里子。

麻里子第一次懷孕是在十五歲那年。

理所當然，麻里子打掉了那個孩子。

她自己也不知道常一起混的那群人之中，到底誰才是孩子的爸爸。

「……一切……我都覺得無所謂……不管是懷孕……還是墮胎……」

麻里子嗓音沙啞地說：

「腦子只想到開心的事，能和大家一起快快樂樂的比什麼都重要。我喜歡跟別人上床，懷孕之後就不能做愛吧！所以他們鼓吹我打掉小孩，理由就這麼簡單。」

手頭上隨時有閒錢，愛怎麼花就怎麼花，跟一群男人鬼混，肚子搞大了就墮胎。麻里子這種生活從中學時期持續到二十歲左右。

「我是大家的女王。一大群英俊挺拔的男人爭相奉承我，說我長得漂亮，說喜歡我、愛我。至於女孩子們，就聊些時尚、演藝界的話題，大家都會來告訴我有什麼好東西，哪裡有很棒的店。每天都過得好開心，我……我一直認為這些都是理所當然……把一切視為天經地義的日常生活。」

然而，麻里子「天經地義的日常生活」卻在某天出現劇變。

就在即將迎接成年禮的那陣子，麻里子遇到了一名男子。

那天，她碰巧到舞蹈教室接朋友，在會客室裡遇到也是來接妹妹回家的那名男子（因為下課時間很晚），兩人交談之後，麻里子立即墜入情網。

「當時我還不知道那個人到底好在哪裡。體格固然強壯，倒也稱不上英俊瀟灑，我卻只是一個勁的心跳加速，腦袋一片空白，完全不知道該如何是好。我忍不住注意他的一言一行，但每當目光交錯就難為情得要命，又不願避開眼神……這種感覺還是頭一次，我到底怎麼了？自己都嚇了一大跳。我跟朋友們說了，他們告訴我，這不就是戀愛嗎？……我忘不了那時的心情。」

麻里子的內心重新開啟了一扇門，看到前所未見的自己。

當麻里子發現「心目中理想的自己」時，頓時又驚又喜，她的內心出現動搖，徹底顛覆以往的一切價值觀。

「我終於知道了……好不容易才懂……一直以為身邊的那些男人很喜歡我，以為大家都愛我。但我錯了！那根本稱不上什麼喜歡。不僅如此，我自己連什麼叫『喜歡』都沒認真想過。」

麻里子眼中又開始滴下淚水，絕美的眼淚。

「現在我終於了解，會愛上那個人，全是因為他的真誠、正直。一方面可能他對我一無所知，只見他難為情地紅著一張臉，說和大美女交談緊張得不得了，但是很高興。還說公司同事全都是男的，所以很期待每次到舞蹈教室接妹妹下課的機會……他的言談直截了當，沒有矯飾，不帶任何目的。但我好想繼續聽他說話，甚至一想起來就覺得呼吸困難。」

在那之後，麻里子每星期會算準時間，配合那名男子接妹妹下課的時機到舞蹈教室。和那名男子在會客室裡一起等待下課的那段短暫時光，讓她感到無比幸福。雖然只是持續著有一句沒一句的對話，對麻里子來說卻像靈魂獲得洗滌。然而，麻里子卻因為一番看似沒什麼意義的對話突然大哭，嚇了那名男子一跳。

「他讓我覺得語言是活生生的。現在的我能完全體會，直到現在才……他說的話都是有血有肉、有生命的。所以他說著自己的家人、工作、人際關係上的煩惱，或是學生時代的戀情，每一字一句都深深打動我的心。然後我又想了，竟然會為這種事情感動到哭，我以前到底都過著什麼樣的生活呀？那，我又有什麼話題能讓他感動呢？……一想到這裡，就覺得備受打擊。」

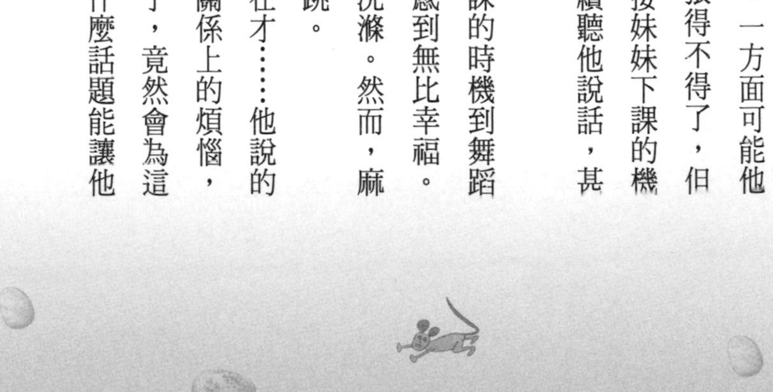

面對麻里子，我不知道該說什麼。

「明明覺得那麼快樂……我……卻什麼也沒留下……」

直到這時，麻里子深切感受到自己過去什麼也不想、什麼也沒感覺，只是膚淺地一天過一天。同時，也體悟到圍繞在自己身邊奉承的人們也一樣。

沒有一個人真實去感受麻里子，沒有一人真正為她著想。包括她在內，所有人的想法都相同——「高興就好」，只有這一個。麻里子終於了解，就連那分「快樂」其實都像虛幻的海市蜃樓。

「最後什麼也不剩的快樂……根本毫無意義。我可以回想起那些玩樂的片段，但總覺得支離破碎，每一段回憶都一樣，卻不像鮮活的記憶，就算回想起來也不開心，沒有任何感覺。」

看著難過啜泣的麻里子，男子盡其所能地安慰她。

沒多久，兩人開始正式交往。

「我真實感受到自己活著，對於活著的時刻心存感動。我心想，好喜歡這個人，原來喜歡一個人是這種感覺，喜歡上別人的感覺其實這麼美好啊……！」

這是麻里子真正最幸福的時刻。

麻里子的雙眼微微溼潤。

好一會兒，麻里子用那雙眼睛凝視著我，以低沉的嗓音平靜地對我說：

「夕士，性愛這回事只能和真正喜歡的人做。單純為性而性，跟和喜歡的人起，兩種感覺真的完全不同。那些不是真正幸福的性，人會因此毀滅。」

『人會因此毀滅』，這句話才是重點吧！

「我……有生以來第一次和『真正喜歡的人』上床。光是他的一個吻……就讓我感動得哭了，覺得好開心、好幸福，腦袋一片空白。當然，我從來沒體驗過這種性愛，從來都以為只要開心就好。一旦體認到這一點……就讓人感到好失落。」

麻里子把至今荒唐的歲月，以及十五歲時第一次懷孕，還曾經墮胎過三次的事，一五一十告訴了男友，希望獲得他的諒解。

「他聽完之後的確感到很震驚，但他說，那些人這樣對待年幼的我，他們才有問題。此外，父母也要負起責任，讓子女自由發展和放任是兩回事。」

麻里子對自己父母那些言行舉止心裡有數，她反問男友為什麼如此了解。

「結果他搔搔頭說，為什麼……這不就是常識嗎？我聽了……真的大吃一驚。一瞬間才知道真的有『青天霹靂』這回事。」

麻里子深刻體認到自己有多無知。

「沒錯，我真的很笨。就是那種書唸不好的笨，腦筋不好的笨。天底下所有人都知道的事，我這個蠢蛋卻不懂。哈哈哈！這當然呀，我根本沒用功過嘛！書只看時尚雜誌，電視只看歌唱節目，從來沒看過新聞、報紙。」

麻里子笑著說，眼中卻再次泛起淚光。

「不過，問題並沒那麼單純。我……我真的……心中升起一股恐懼，後悔自己從來沒好好用功。」

淚水爬滿麻里子美麗的臉龐，滑過下巴滴落。小圓伸出雙手，擦拭麻里子沾溼的臉頰。麻里子貼緊小圓的臉，一遍遍親吻著他圓嘟嘟的臉頰。

「夕士，你的頭腦很好，但你愛唸書嗎？」

「不愛呀！只是不得不唸。」

「你覺得用功讀書為的到底是什麼？分數、小數點、梯形面積，你不覺得就算不懂這些還是能活下去嗎？」

「是啊！我現在也這麼想。sin、cosine、tangent，這些是什麼鬼啊？我也懷疑真的有必要學這些嗎？」

麻里子咯咯笑了。

「不過呢……嗯，這些就類似頭腦體操嘛！」

麻里子聽了我的話，驚訝地睜大眼睛。

「對……就是這樣，沒錯。夕士的頭腦果然好多了，我……我從來不懂這個道理。」

對於自己的愚笨感到羞恥至極的麻里子，拜託男友「教她如何唸書」。

「他說，其實自己也沒那麼會唸書，兩人就一起同心協力用功吧！」

男友告訴她，就從閱讀入門，知識和語彙都可以從閱讀中學習。男友還為麻里子選了一些散文和雜學的書籍。

在閱讀一本本書籍後，和男友一次次的對話中，麻里子察覺到一個重點。

「我終於懂了，用功唸書真正的意義在於『思考』。他說，因為我每次都提出再簡單不過的問題，反而讓他得好好思考，還笑著說這似乎讓他的腦袋變得更好了。當時我又感到一陣青天霹靂……」

所以，問題不出在這裡。

重點是，透過學習各種事物來鍛鍊大腦。

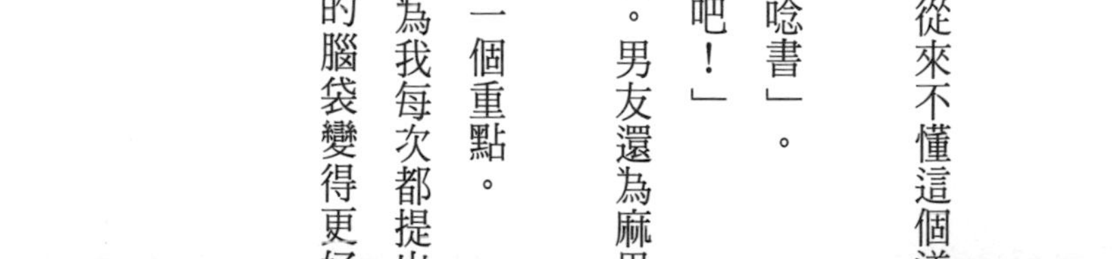

「塑造一個懂得思考『一未必等於一』的頭腦。我開始懂得去想，眼前所見的事物最初是什麼樣、最後變成怎樣。這樣的轉變很重要。」

「麻里子，後來妳不就真的懂了嗎？」

麻里子吞吞吐吐。

她雖然看著我，眼神卻似乎穿透了我，望著不知名的遠方。

「等我了解的時候……已經太遲了……」

滴答，傳來淚水落到地板的聲響。

麻里子懷了心愛男人的孩子。

但是，寶寶卻沒順利活著生下來。

引發大量出血之後，麻里子的性命也就此結束。

「是我年輕時太荒唐吧！才會導致這個後果……」

平靜的聲音中充滿著深深的哀怨，聽得連我的心都揪成一團。

「我什麼也沒想，只是為了消遣而跟人上床，毫不考慮就墮胎……什麼生命的意義，或是這些事對女人的身體有什麼影響，連想都沒想過……這些就算沒有相關知識，只要稍微有點思考能力，應該都懂吧！懂得生命有多重要，懂得幹這些事對身體不好呀！」

先前平靜的哀傷一下子轉變為痛苦嘶喊。

第一次真心想要的孩子，最後卻無法擁有還落得失去性命的下場，麻里子內心與其哀傷，更飽受強烈悔意的苛責。自己的幸福、男友的幸福，以及兩人愛情結晶的幸福，就此劃下句點。麻里子在病榻上哭著向男友道歉。

「對不起，對不起，對不起……」

面對握著自己雙手的男友，除了這句話之外她不知道還能說什麼。男友也一樣，只是一個勁兒地緊握麻里子的手。

「就因為我這麼笨，笨到完全沒考慮到未來……才讓真正愛人的孩子死掉！讓心愛的人難過！我知道這是我的報應。對我這個什麼也不去感受、什麼都不多想的笨蛋來說，這就是我的報應！」

「沒、沒這回事呀！」

我很想這麼說，話卻說不出口。

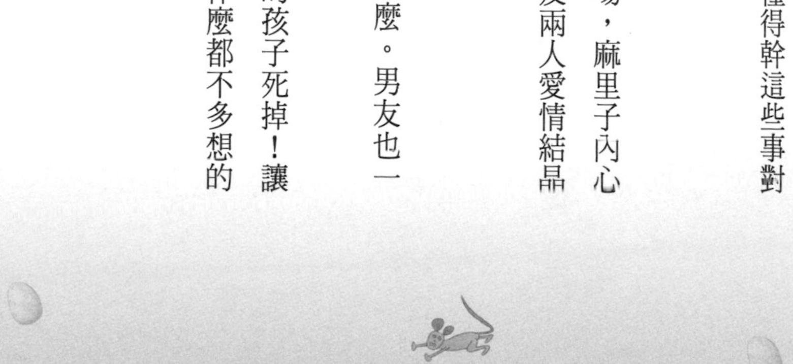

我緊緊擁抱麻里子，代替了言語。麻里子在我懷裡縱情放聲大哭。

即使在學校書唸得不好，但腦筋好、具備思考力的也大有人在。只不過，麻里子所處的是個什麼都不必多想的環境，有放任她自由發展的父母，以及自由運用的財力。

麻里子……太過富足了。

甚至到了不確定那是不是真正的富足。

（但真正的富足，又是什麼呢……？）

緊緊夾在我和麻里子中間的小球，大概受到麻里子情緒的感染，也哭了起來。

接著又把小圓也一起惹哭了。

每一滴眼淚都是那麼單純，就像寶石似的。

『悲傷的時候盡情難過。』

我想起千晶說過的這句話。年輕的麻里子，就連難過也辦不到。在她小小的世界裡，沒有「悲傷」、沒有「痛苦」、沒有「厭惡」，而且也沒有「忍耐」。

（現在，我們所在的這個空間倒是有許多豐富的情感……）

一時之間，我有這種感覺。

「夕士，你往後也要更用功啊！學習更多東西，世界就會變得更寬廣，這樣就不會錯過真正重要的人事物，才能獲得真正的幸福……！」

麻里子在我胸前哭著這麼說。

我終於了解，麻里子放棄投胎，甘願當怪物托兒所保母的真正原因。

這是麻里子對四個夭折孩子的贖罪方式。

房門靜靜打開，桔梗走了進來。

「哭累了啊？」

「哭成那樣是會累的。」

我苦笑著回答。我的T恤全被麻里子的眼淚沾溼了。

麻里子和小圓、小球，一起躺在對摺的被子上睡著。

麻里子媽媽將兩個小寶寶摟在懷中，看來幸福極了。

那天夜裡，公寓裡的住戶們齊聚一堂，等待小球的媽媽來接孩子。

「啊～啊，小球要回家啦～真沒意思。」
詩人邊說邊津津有味地喝著酒。
「真想讓長谷看看夕士大肚子的樣子。」
畫家說得興致盎然，舊書商也在一旁敲邊鼓。
「他一定會跟戴上面具一樣，面無表情地愣住吧！」
「一瞬間肯定胡亂想像些有的沒的吧！」
「沒錯！保證是這樣！」
「哇哈哈哈哈哈！」
大人們你一言我一語地，自己鬧得很開心。這倒也跟平常沒兩樣。
好的、好的，我不會吐嘈啦！決定不反駁了，因為實在太累了。
「各位晚安～」
黑漆漆的庭院另一頭傳來聲音。
「啊，是園長。」
麻里子走進院子裡。
從黑暗中現身的是妖怪托兒所「鶴龜園」的園長……看起來像一般女人，一身運動服、穿著圍裙，頭髮紮在腦後，只是……

「面具……」

園長戴了一個漩渦圖案的面具。

「真不好意思，給各位添麻煩了。當初也想到，說不定在媽媽回來前蛋就提早孵化，沒想到真的這樣，大家辛苦了，真對不起。這些點心是小意思，請笑納。」

「呃，好。謝謝。」

應對就和一般狀況沒兩樣。

除了面具之外。

（講到面具就想到藥商。這意思是說，存在著『戴面具一族』嗎？）

「園長，那孩子的媽媽呢？」

「已經來了哦！不過，因為『體型十分龐大』，沒辦法進來『這裡』。」

園長抱起帶來的褐色皮箱，啪咔打開。

「所以來了一部分。」

一瞬間皮箱裡啾～～～地一聲，伸出一根類似巨大章魚的觸手。

「哦哦？」

我和大人們都嚇得跳起來。

觸手大概有一公尺那麼粗，金屬質感的銀灰色表面，在光線反射下透著七彩光芒。有幾處類似疣狀吸盤的突起，突起部位不斷扭動著。

「咻咻咻咻～～～！」

一下子好像全身毛孔打開，呈現強勢的狀態，卻輕輕要從我懷裡捲起小球。這時，小球還緊揪著我的上衣，但觸手卻停了下來，一直等到小球鬆開手，才將小球捲起來，倏地消失在皮箱裡。這一連串行動都讓人感到濃濃的愛。

園長啪的一聲蓋上皮箱。

「孩子已經平安回到媽媽身邊了，感謝各位大力協助。」

園長行了一禮。

「那麼，我先告辭了。給各位添了不少麻煩，也辛苦麻里子了。明天見。」

「好的，園長。」

我們茫然看著若無其事地提起皮箱，又若無其事離去的園長。

「小球的媽媽是……」

「是雷馬……」

「是雷馬啊！」

舊書商和富爾同時低喃著。

「你們知道啊？」

「我只在文獻上看過。」

「小的也是，實際上並未親眼見過。」

「那是什麼啊？妖怪嗎？」

舊書商偏著頭思索。

「不是妖怪，應該算靈獸……不對，該說神獸才對吧？」

「上半身是女人，下半身就像剛才看到那樣，長了幾百根觸手，體型十分巨大，棲息在暴風之中，掌控打雷。」

「體型大到不像話，但出生時竟像小球那樣？」

「嗯，熊貓的小嬰兒一生下來也才十公分左右嘛！」

「上半身是女人啊……那沒有雄性嗎？」

「不知道耶，有各種說法。有人說頭髮的部分就是雄性，也有人說下半身的觸手才是……隱者說不定比較清楚。」

「啊，對哦。問問看吧。」

我翻開「小希」的「IX」那一頁。

「寇庫馬！」

一陣青白色閃電在公寓庭院亮起，接著出現了一隻大貓頭鷹，是侍奉智慧女神米娜娃的一族，掌握世界上所有「知識」。只不過有個缺點，就是「老年痴呆」。

只見大貓頭鷹露出一貫愛睏的表情，我在牠耳邊大叫。

「老爺爺！有件事想請教！」

「嗯嗯～哦哦哦……呃呃。」

「你知道雷馬是什麼嗎？」

「……嗯嗯～～……哦哦，就是跟伊底帕斯⑦問答的美女呀，還露出整片胸膛。」

「那是斯芬克斯⑧啦，隱者爺爺。現在是問雷馬耶！」

富爾也幫著大吼。

「哦哦！……嗯，對啦、對啦，頭髮飄來飄去，然後眼神很可怕，被盯上的人都會變成石頭。」

「那是梅杜莎❾吧？就說要問的是雷馬嘛！」

「……全身披著紅色鱗片……」

「那是拉米亞❿。」

「身體是蛇。」

「艾奇德娜⓫。」

「大章魚。」

「Krake⓬！」

「外型是一隻鳥。」

「賽壬⓭嗎？」

「有九個頭。」

❼譯註：Oedipus，希臘神話中底比斯王子，無意中弒父娶母，演變為亂倫悲劇。

❽譯註：Sphinx，希臘神話中的獅身人面，愛向路人提問。

❾譯註：Medusa，希臘神話中的蛇髮海怪，人類只要見到她的臉孔就會變成石頭。

❿譯註：Lamia，希臘神話中人首蛇身女怪。

⓫譯註：Echidna，上半身是人，下半身是蛇怪。

⓬譯註：挪威語中的章魚海怪。

⓭譯註：Seiren，希臘神話中的海妖。外型是人身、鳥翼、魚尾，用歌聲迷惑人心。

「那是中國的相柳[14]吧，越離越遠了啦！」

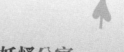

「……唉！怎麼這樣。」

我嘆了口氣。這位老爺爺真是一點都沒變。

大人們咯咯大笑。

「既然知道這麼多，為什麼就是想不出雷馬呢？」

舊書商苦笑說著。

麻里子也笑了。

小圓坐在門廊上仰望著天空。他也知道小球離開了嗎？我摸摸他的頭。

「變得有些孤單啊！小哥哥。」

麻里子到小圓身邊坐下，和我們一起仰望夜空。

在盛開的夜櫻另一側，春季夜空中的滿天星斗也與櫻花爭豔，美不勝收。

⑭譯註：中國神話中人面蛇身怪物，而且還有九個蛇頭。

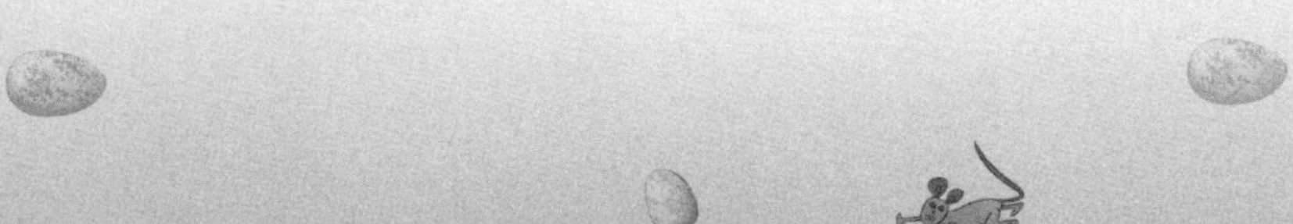

心靈富足

「長谷，你不在的時候，夕士真的變成媽媽了耶，肚子還有小寶寶呢！」

聽詩人這麼說，長谷果然如同大人們先前的預測，一瞬間整個人愣住。看到他的反應，大人們更覺得有趣。

「別信以為真啦！」

我對準長谷的腦袋拍下去（通常很少有機會可以拍長谷的頭，反過來的狀況倒不少）。

但長谷卻一臉正色回答：

「在這裡發生什麼事都不奇怪呀！就算你生了妖怪的小孩，在這裡也不是不可能……」

「居然可以一臉認真地講出這種鬼話，你這張嘴巴～！」

我用力一把捏著長谷的嘴角，大人們看了全都笑翻了。

繼續待在公寓裡準沒什麼好事，趕緊帶著琉璃子的特製便當逃出去。

我坐著長谷的摩托車，在春天的山路上狂飆。二月時雖然有一陣子回暖了，但三月初又變冷，所以到處還見得到綻放的山櫻花。

「要去哪裡？」

「教你個有意思的玩法。」

「欸，我腳傷還沒好耶！」

「不要緊，不要緊。」

鑽進一條小路，再往山裡騎一小段，來到一處豁然開朗的地點。長谷在這裡停下摩托車。

「以前好像是一棟別墅哦！」

「在這種地方有別墅？」

地上隱約殘留過去建築物地基的痕跡。

「來這種地方幹嘛？」

「別墅遺跡只是個標的，目標是這個。」

長谷指著一棵必須抬頭仰望的高大櫸木。

「來爬樹吧！稻葉。」

「啥？欸，就說了我的腳傷……等等，重點是你怎麼會想到爬樹啊？長谷。」

長谷笑了。

「最近認識的傢伙熱中Tree Climbing，他教我的。」

「Tree Climbing……直譯不就是爬樹嗎？」

長谷又笑了。

長谷口中的Tree Climbing（攀樹），跟徒手爬樹不太一樣，好像要使用繩索和攀樹吊帶，爬到樹木更高的位置。本來是從樹木管理的概念衍生，現在則應用在孩童「親近大自然教室」或是身障者的復健治療上。

長谷一面準備工具，一面說：

「照理說，應該要有指導員跟著才行，不過我跟你的話沒什麼問題吧！再說，我也不喜歡有個外人看著，一群人吵吵鬧鬧的。」

「照你的個性，也是啦！」

要長谷混在一群小孩子之中，說什麼「傾聽樹木的語言」或是「和大自然合而為一真是太棒了」之類的……我看就算世界整個顛倒翻轉也不可能。

將繩索繞上樹枝，再將身體固定在攀樹吊帶上，長谷用力拉繩子，攀樹吊帶就在拉扯下，使得身體慢慢往上。

「欸～～～就是這樣往上攀！」

攀登的方式是坐在類似椅子的攀樹吊帶上，連同吊帶一起往上爬。原來如此，這麼一來就能輕鬆到樹上，只不過應該需要臂力吧！

「原來如此，這麼一來就算有一隻腳不方便也無妨了。」

長谷在樹上窸窸窣窣整理了一會兒後才下來，幫我套上攀樹吊帶。

「好了，用力拉。」

「哦！」

隨著繩索一寸寸地拉，我也一點一點穿過樹枝間隙往上攀，巨大的櫸木連上方的枝幹都很粗壯，讓我可以攀爬到高處。

「哇～～～好讚哦！」

從翠綠枝葉之間眺望下方，連遠方的光海都盡收眼底。

「太棒了～～～超壯觀！」

「看吧！這就是攀樹最迷人的精髓所在。」

之後長谷也拿著便當攀上來。

陣陣微風吹拂。

綠葉沙沙搖曳，感覺自己好像在樹木的懷抱中。

此外，一望無際的寬敞景致，凝視之下似乎內心也逐漸開闊。

「讚……好舒暢啊……」

吹過來的風雖然還有點涼，但穿過森林之後感覺很柔和，緩緩拂過，感覺將體內洗滌得煥然一新。在這陣微風持續吹拂下，整個人好像快變得透明了。

心中充滿閃閃發亮的感覺，就像閱讀一本好書。雖然看不見、摸不到，也不清楚到底是什麼，但此刻自己的體內確實充滿了某種珍貴的東西。

長谷的黑髮隨風翻飛，望著遠方。我的體內似乎有些東西被沖走，隨即又被其他的感覺填滿。長谷看著我，露出微笑。

「吃飯吧！我可是好久沒吃到琉璃子做的菜了。」

我一開始還想，在這種樹枝上要怎麼吃東西呢？其實可以在樹梢間拉起『樹桌』，類似吊床，在上面用餐或躺著休息。這好像也是攀樹休閒的一項特色。

「哇～～～太豐富了！」

一看到琉璃子特製便當的菜色，長谷就開心地大喊。

竹莢魚生魚片泥拌入生薑、大蒜、味噌等調味，然後用單面以麻油煎過的紫蘇葉包起來，做成紫蘇葉竹莢魚堡。鮮肉蛋捲（類似鰻魚蛋捲）。南瓜、大蒜、鴻喜菇、蝦芋，加上雞肉香蒸。酥炸鑲蓮藕、搭配切成櫻花外型的紅蘿蔔（蓮藕因為沒燙過，口感超脆）。另外，當然還有賞花及旅行的便當中不可或缺的章魚造型小熱狗，以及鬱金香型小炸雞。

「就是這個，超開心的！」

長谷露出一臉孩子般的表情，大口嚼著小熱狗。

主食是在白飯中加入切碎的櫻花、剝開的鯛魚魚肉後捏成的飯糰。其他還是一口大小的迷你蛋包飯，另一種則是簡單用鹽調味的海苔飯糰。

「這個鯛魚飯糰，真是好吃到爆……」

「還有淡淡櫻花香，先是感受到鯛魚的鮮味，然後香味直達鼻腔深處。」

不只這些，還有特別追加的三明治。新鮮爽脆生菜加上火腿的三明治，以及鮭魚奶油乳酪貝果。

「哇！這個貝果，怎麼好吃成這樣！」

「貝果本身一定也是琉璃子親手做的吧？真的，不管做什麼都無敵好吃。」

甜點是蜂蜜漬葡萄柚，特別調製過的清爽口味甜而不膩。保溫瓶裡的咖啡也還很熱。

我們倆喝著熱咖啡，迎著綠色的微風，天南地北地盡情聊著。

長谷認真聽著麻里子哀傷的過去。

「人說無知也是一種罪……真的是這樣啊！但這種狀況下，罪行似乎應該由麻里子的父母承擔才對。」

「之前攻擊千晶的那個洋子，她的狀況跟麻里子剛好是對照。雖然看似對照，但本質其實相同。」

一邊是「妄想的性」，另一個是「實際的性」，但兩者都沒有真切的感受，同樣不幸。麻里子說的那句話——「性愛這回事只能和真正喜歡的人做」，還留在我心上。

「兩人的父母都不好，並沒有『真正關心』自己的孩子，所以孩子才會變成凡事都不親身去感覺、體驗。」

沒錯，詩人先前說過「在血肉之軀中注入靈魂，也是父母重要的任務」，就是這個意思。

這指的……就是「愛」吧！

洋子和麻里子都沒有從父母身上得到真正的「愛」，也就理所當然「不知愛為何物」。

「長谷，和洋子、麻里子剛好相反的就是你跟千晶。你們倆都很有錢，不愁沒錢花，不必煩惱沒得玩，而且還充分開拓自己的世界，在成長過程一路上親身感受各式各樣的體驗。這就是獲得父母真正關心的證明吧！表示你們都是在關愛中長大。」

「我在關愛中長大？少來，噁心死了。」

長谷噘起嘴，接著往我頭上砰砰拍了幾下。

「稻葉，你爸媽也很關心你啊！所以才有現在的你。」

那是因為有你幫我填滿了失去雙親的空白呀！長谷。至於現在，之所以能住在妖怪公寓裡，得到這麼多爸爸、媽媽圍繞下的幸福，也是因為先前有你的一路相挺。

（富足……）

此刻，我真正有了「富足」的感覺，我的身心都真切地感受到了。品嘗得到美味佳餚、可以待在舒適的地方，還有好友相伴。

（麻里子，我現在很幸福哦！我能夠感受到真正的幸福，希望未來也能持續體會不同的美好。）

那麼，我該怎麼做呢？

自從聽了麻里子的那番話，我想了很多。

各種想法閃過腦海。

千晶說，好好去玩，但可不是單純只是玩。千晶又說，要營造很多回憶。麻里子也說，就算當時開心，但沒留下回憶便毫無意義。

「夕士，你往後也要更用功啊！學習更多東西，世界就會變得更寬廣。」

「你也是，趁你現在還年輕，得多增加腦袋裡的皺摺才行。」

「因為光只會生活上應對的人，無法獨當一面。」

自從父母雙亡後，我就想著要為了父母，希望能早一天進入社會，獨當一面。

這對在天國的他們倆來說，就是最好的回報。

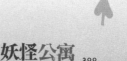

「你們看，我一個人也能活得很好哦！」

我想親口這麼說，爸媽一定會很高興。

此刻，我回顧所謂的「自己」。

回顧我在搬進妖怪公寓前的一切，正因為想回到「普通」而搬出公寓，但「普通」究竟是什麼？想過之後，我希望更看清「自己」，又搬回公寓了。

在公寓裡，我學到很多，體驗到很多。聽著大人們的話，將所見、所聞、感受到的一切化為自己的血肉。現在無論發生什麼，我都可以覺得不要緊，感覺到自己蘊藏的那股無限可能。

無限的可能……

「你沒必要跟著變成大人哦！」

我的腦中浮現一個從來沒出現過的想法。

我，也可以「這麼做」嗎？

「怎麼啦？稻葉。」

我盯著長谷看。

有你，有公寓裡的大夥兒陪伴，

我應該也可以稍微放慢腳步吧！

繞點遠路還無妨吧！

再當一陣子孩子，還行吧……？

「長谷……那個……」

「嗯？」

「我……突然想到……呃，其實搞不好之前就一直考慮……」

「什麼啦？」

「有點想……唸大學……」

我搬進「妖怪公寓」後撒下的種子，結成了果實。

我有這種感覺。

YOUNG AGE小說鮮視界！

YA!

青春滿點！活力滿載！好看滿分！

妖怪公寓①

一個人住的新生活終於開始了！
可是，新鄰居們竟然是——妖怪?!
日本亞馬遜網路書店讀者★★★★高度好評！

剛考上高中的孤兒稻葉夕士，很高興自己終於能擺脫三年來寄住在伯父家的生活，一個人搬到學校的宿舍去住。沒想到就在開學前夕，宿舍卻突然被一把大火燒毀了！大受打擊的夕士晃到了無人的公園裡，在公園的盡頭莫名出現了一家奇怪的房屋仲介公司「前田不動產」。聽了夕士的倒楣遭遇，留著山羊鬍的老闆立刻推薦給他一棟公寓——「壽莊」，不但房租便宜又附伙食，實在太優了！可是，一向帶ㄙㄞ、的夕士怎麼可能這麼好運呢？……

妖怪公寓②

邁向偉大魔書使之路，就這樣莫名其妙地展開了?!
夕士的靈力潛能徹底發威！

期待已久的長長假期終於來臨了。在學校宿舍住了半年後，夕士發現自己很難適應「人類世界」的生活，也超想念壽莊裡的「怪」鄰居們，於是，他決定搬回妖怪公寓！然而，就在夕士搬回來的第二天，另一個房客「舊書商」也旅行回來了。他的小小行李箱裡，竟然像個無底洞一樣，裝了數也數不清的稀有古書。其中有一本書特別奇怪，翻開書只看見二十二張塔羅牌圖片，卻沒有任何文字，似乎是因為擁有某種不知名的神秘力量，而被「封印」了……

妖怪公寓③

受了傷的心，將會讓憎恨的靈魂趁虛而入……
學校裡有鬼?謎樣的新老師?
夕士的校園生活實在太刺激了啦！

升上二年級的夕士，不但成了魔法書《小希洛佐異魂》的主人、擁有二十二個沒什麼用的使魔，還在美少女除靈師秋音的監督下開始了嚴酷修行！雖然成了魔書使，但夕士的學校生活還是和平常一樣——只有新來的英文老師三浦很不尋常，尤其是他望著女生的眼神似乎充滿了恨意！某天，夕士聽說學校倉庫裡傳出怪聲音，於是前往查看，結果真的感應到一股黑暗力量。突然，三浦出現了，他渾身散發出的感覺竟然和倉庫裡的詭異氣息一模一樣！……

妖怪公寓
8
妖怪アパートの幽雅な日常
香月日輪
佐藤三千彦◎圖
葉韋利◎譯
Sphinx
Griffiin
Venezia
ENTAUR
Dr

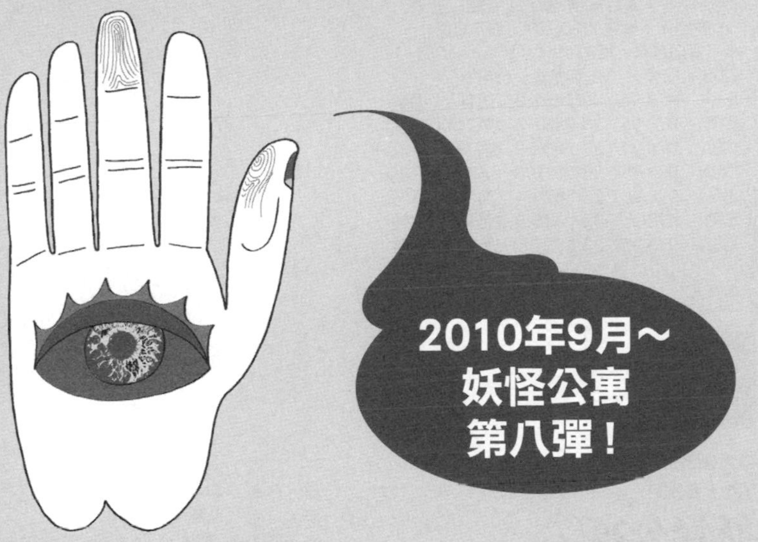

不會吧？！金光閃閃的珠寶展上，
竟然出現了銳氣千條的怪盜！
在這些「人類」面前，「魔書使」夕士該怎辦？……

升上高三的夕士，在表達出自己繼續升學的意願之後，不僅得到妖怪公寓裡大夥的鼓勵與讚賞，伯父也在實質上支持他，成績一級棒的死黨長谷更開始幫夕士惡補功課，就連夕士打工的搬家公司老闆也完全體諒他的決定！

在歷經校外教學、暑期輔導之後，暑假結束前一個星期，千晶老師和条東商校的同學們一起去看珠寶展，沒想到……竟然遇上了強盜，還被歹徒當作人質！眼見情勢危急，夕士很想利用「小希」的力量來解救大家，可是如果在大家面前使用魔法，「魔書使」的身分就會曝光！夕士到底該怎麼辦呢？……

國家圖書館出版品預行編目資料

妖怪公寓 / 香月日輪 著；紅色譯.-- 初版.
-- 臺北市：皇冠, 2008.07- 冊；公分.
--（皇冠叢書；第3749種-）（YA！；001-）
譯自：妖怪アパート幽雅な日常 --
ISBN 978-957-33-2437-9（第1冊；平裝）--
ISBN 978-957-33-2467-6（第2冊；平裝）--
ISBN 978-957-33-2504-8（第3冊；平裝）--
ISBN 978-957-33-2540-6（第4冊；平裝）--
ISBN 978-957-33-2573-4（第5冊；平裝）--
ISBN 978-957-33-2616-8（第6冊；平裝）--
ISBN 978-957-33-2657-1（第7冊；平裝）--

861.57 97010455

皇冠叢書第3975種
YA！033

妖怪公寓⑦

妖怪アパートの幽雅な日常 7

作　者—香月日輪
插　畫—佐藤三千彥
譯　者—葉韋利
發行人—平雲
出版發行—皇冠文化出版有限公司
台北市敦化北路120巷50號
電話◎02-27168888
郵撥帳號◎15261516號
皇冠出版社(香港)有限公司
香港上環文咸東街50號寶恒商業中心
23樓2301-3室
電話◎2529-1778　傳真◎2527-0904
出版統籌—盧春旭
責任編輯—丁慧瑋
版權負責—莊靜君
外文編輯—蔡君平
美術設計—吳欣潔
行銷企劃—周慧真
印　務—林佳燕
校　對—鮑秀珍・劉素芬・丁慧瑋
著作完成日期—2007年
初版一刷日期—2010年5月
法律顧問—王惠光律師

讀者服務傳真專線◎02-27150507
電腦編號◎515033
ISBN◎978-957-33-2657-1
Printed in Taiwan
本書定價◎新台幣180元/港幣60元